Marge brute

Laurent Quintreau

Marge brute

roman

DENOËL

À V.

Pour J.

C'était à la moitié du trajet de la vie ;
Je me trouvais au fond d'un bois sans éclaircie,
Comme le droit chemin était perdu pour moi.

DANTE, *La Divine Comédie*

Sommaire

(11 heures : dans une salle de réunion, onze cadres assis autour d'une table)

1. L'enfer

(*1er cercle : les limbes. Meyer*)

… ça y est, Rorty vient d'arriver, nous sommes au complet, la réunion va pouvoir commencer, je n'ai pas le trac, je n'ai plus le trac, mes portefeuilles sont à jour et mes comptes bénéficiaires, je ne sens plus battre mon cœur, ce tranquillisant est vraiment efficace, ça y est, Rorty est assis, la réunion peut commencer, Rorty porte une chemise blanche et un costume bleu marine à fines rayures grises, coupe stricte, cheveux bruns grisonnants coiffés en arrière à la façon de je ne sais quel avocat quadragénaire de série B, sa cravate est terre de Sienne avec de minuscules motifs jaunes, quels motifs je ne sais pas, je distingue à peine, des coccinelles, non, des balles de tennis, oui des balles de tennis, Rorty pose sa voix, souhaite la bienvenue à tout le monde, remercie chacun d'avoir pu se libérer de ses tâches quotidiennes pour venir participer à ce comité stratégique, j'ai encore quelques aigreurs d'estomac, je devrais prendre moins de café, essayer de me limiter à trois par jour, deux le matin et un après le déjeuner, Rorty répète à quel point il est important que les managers présents ici se sentent impliqués dans le fonctionnement de l'entreprise, une entreprise qui a réalisé une excellente année avec une marge opérationnelle de plus de quinze pour cent au dernier trimestre mais qui doit, plus que jamais, confirmer cette progression, ce n'est pas le moment de baisser la garde, nous devons faire toujours plus, toujours mieux, j'ai bien peur, grimace finement Rorty, que nous soyons tous condamnés à l'excellence, plusieurs personnes sourient, Pujol ricane, la Brémont se tortille sur son siège, Castaglione prend un air entendu, ses petits yeux enfoncés et son nez pointu lui donnent un air de renarde rusée, Tissier acquiesce mollement, de Vals se fend d'un rictus convulsif et sournois, Stoeffer fronce les sourcils, Françoise Clément-Dourville soupire, Roussel fixe un coin de table, Alighieri affiche un drôle de sourire béat, plutôt pas mal ce garçon, il me fait toujours penser à David, même type de visage, même façon d'être, de bouger, de parler, même intensité quand il regarde l'autre, David, en voilà un au moins qui savait m'aimer, trop peut-être, tellement possessif, jaloux, passionné, à force il m'étouffait, si j'avais eu le courage de l'affronter, au lieu de partir du jour au lendemain comme une voleuse, nous serions toujours ensemble, je n'aurais pas rencontré Denis, je ne travaillerais pas ici, nous habiterions encore New York, à la place de Chloé j'aurais eu une autre petite fille, peut-être un garçon, je vivrais dans une jolie maison de Greenwich Village, entourée d'arbres et de verdure, Rorty répète sa volonté de hisser l'entreprise au plus haut niveau de compétitivité et d'expertise pour devenir les leaders du secteur, oui, les leaders en communication corporate mais pour cela nous devons continuer à conquérir des parts de marché, gagner de nouveaux clients, être les plus agressifs, les plus mordants, c'est une question de vie ou de mort pour l'entreprise comme pour les hommes qui la composent, nous sommes tous dans le même bateau, les résultats sont encourageants mais le marché reste menaçant, l'avenir plus qu'incertain et les frais de fonctionnement lourds, très lourds, sans parler des charges salariales, hélas, nous sommes tous dans le même bateau mais si le bateau est trop lourd tout le monde tombe à l'eau, réorganiser une entreprise c'est en extraire le meilleur, rien que le meilleur, j'espère que Chloé s'entend bien avec sa nouvelle nounou, avec la dernière elle hurlait qu'elle ne voulait pas rester avec la méchante dame, elle s'agrippait à moi, c'était horrible, cette femme n'avait pourtant pas l'air d'une tortionnaire mais bon, pour savoir ce qui se passe dans la tête des enfants, Rorty rappelle qu'il est arrivé à la tête de la société il y a un an à peine et se félicite que beaucoup de choses aient déjà changé, même si tout reste encore à faire, il y a un bon, un excellent potentiel que des chiffres semblent confirmer, quinze pour cent de marge opérationnelle, près de dix millions de marge brute lors du dernier exercice fiscal, il y a du talent, de la volonté, mais une grande déperdition d'énergie et des dysfonctionnements aberrants qui entravent notre action, le groupe a planifié une nette diminution des effectifs et des charges salariales de toutes ses filiales à l'horizon 2008, c'est à ce prix qu'il pourra résorber son endettement et continuer sa politique de croissance externe, tout cela a été dit en conseil de direction, c'est la volonté des actionnaires, c'est vrai, dans le groupe on ne plaisante pas avec les actionnaires, Rorty a été parachuté par New York pour transformer l'entreprise en une pépinière de dividendes, tout cela sous l'œil omniprésent de la holding, Big Money is watching you, Rorty s'enflamme, il est vital de booster les process et de redynamiser les flux, nous avons gagné des clients, des prospects ont, pas plus tard que ce matin, il échange un regard complice avec de Vals, répondu favorablement à nos propositions mais il nous reste beaucoup à faire pour optimiser notre volume de new business, il nous reste, pour ainsi dire, tout à faire pour devenir, n'ayons pas peur des mots, même si celui-ci est galvaudé et peut paraître ringard, les meilleurs, j'ai mal au dos, peut-être un début de sciatique, j'espère que non, vite, demander les coordonnées de l'ostéo d'Alex, il paraît qu'il est excellent, Stoeffer est pris d'une quinte de toux grasse qui se conclut par un bruit organique et déplaisant, il me dégoûte, j'ai envie de vomir, Rorty le fixe avec une fausse compassion, Rorty est un homme séduisant, la quarantaine fuselée, Paris-New York-Courchevel-Neuilly, Rorty surveille son alimentation, Stoeffer fume plus de deux paquets de cigarettes par jour et mange comme quatre, steaks-frites et profiteroles à volonté, sans compter le whisky qu'il cache dans son armoire, Stoeffer a vingt ans d'espérance de vie en moins que Rorty, au choix, cancer, accidents cardio-vasculaires, Alighieri regarde Rorty avec tendresse, oui, avec tendresse, c'est étonnant mais c'est ainsi, il semble également considérer Stoeffer avec une grande bienveillance, Alighieri, dire que j'ai rêvé de lui cette nuit, il portait un chapeau en forme de tuyau et tenait en laisse un petit chien blanc qui aboyait après un nuage, je me souviens également d'une voiture, une BMW noire aux vitres teintées, là tout s'est accéléré, je ne sais plus ce qui s'est passé, Alighieri lévitait à côté de la voiture je crois, oui, je le revois, immobile et lumineux, il me rappelait ces saints d'enluminures que l'on peut voir dans certaines églises romanes, rêve ou pas rêve, cet Alighieri est une énigme, aujourd'hui il est encore plus lunaire que d'habitude, je suis sûre qu'il doit passer ses soirées à fumer la moquette, Rorty est de plus en plus pénétré par l'intensité de son propre discours, ses yeux bleu acier se plantent dans chacun des regards présents, l'intensité de Rorty pénètre les chairs, les désirs et les peurs, Rorty a fait ses études à Harvard où il a appris les règles fondamentales du management, on ne peut pas faire d'omelette sans casser des œufs, scande Rorty, dans cette aventure on ne pourra garder que les meilleurs, telle est la loi du marché, vous le savez, je sais que vous le savez, vous savez que je sais que vous le savez mais il y a des fondamentaux qu'on ne se lassera jamais de répéter, conclut-il, avant de passer au premier point de l'ordre du jour, la compression des effectifs au service juridique, ses yeux sont toujours aussi froids, la perspective de purger la masse salariale ne semble ni l'apitoyer, ni l'amuser, au fond il me fait terriblement peur, je n'ose pas l'affronter car je sens derrière sa face de WASP policé une violence extrême, cet homme est un prédateur sans pitié, il y a chez lui quelque chose d'implacable qui m'effraie, et puis je ne tiens pas à être licenciée, comment ferait-on avec un seul salaire pour payer le crédit de l'appartement, de la voiture et toutes les autres charges fixes, non, impossible, la moustache de Stoeffer vibre de colère, il me fait penser à quelqu'un mais à qui, il s'est calé juste en face de Rorty, les deux hommes se regardent à nouveau, ah, mais oui, Honoré de Balzac, Stoeffer me rappelle Honoré de Balzac à la fin de sa vie, il a le même type de visage, à la fois épicurien et volcanique, et les moustaches, bien sûr, les moustaches, tiens, si je relisais *La Comédie humaine*, ça me changerait un peu les idées, ou Flaubert, pourquoi pas Flaubert, jamais réussi à finir *Madame Bovary*, reste à trouver le temps, avant de m'endormir, peut-être, Rorty apostrophe Françoise, chère Françoise, quoi de neuf depuis notre dernière réunion, où en est-on des deux départs en retraite anticipés, Françoise se redresse nerveusement sur son siège, les deux personnes se sont renseignées sur leurs droits, elles ne veulent plus partir, les primes proposées par l'entreprise ne sont pas assez élevées, elles demandent une vraie compensation financière, elles n'ont plus rien à perdre, elles sont prêtes à faire intervenir leur avocat, au mot avocat Rorty fronce et défronce les sourcils, plie et déplie les jambes, se réajuste la chemise et se croise les bras, le tout en un clin d'œil, son ton se fait ironique et cinglant, jusqu'à preuve du contraire, ce ne sont pas les salariés qui décident s'ils restent ou non dans l'entreprise et à quelle somme ils peuvent prétendre lorsqu'ils la quittent, Françoise a l'air si fatiguée, il lui fait subir une telle pression, elle qui est en train de perdre son mari, je ne voudrais pas être comme elle dans vingt ans, au fait, que ferai-je, où serai-je dans vingt ans, rien que d'y penser ça me fiche un de ces cafards, Rorty s'ébroue, parfait, parfait, ses yeux brillent un peu plus, puisque certains salariés sont joueurs nous allons jouer nous aussi, surchargez-les de travail et poussez-les à l'erreur, qu'on leur trouve une faute grave, ils saisiront les instances prud'homales qui donnent rarement plus d'un an et demi de salaire, même après trente ans de maison, Françoise explique qu'il est désormais plus onéreux de licencier des salariés âgés de cinquante ans et plus en raison d'une pénalisation financière à verser à l'Unedic, la contribution Delalande, toute entreprise qui licencie un quinquagénaire doit s'acquitter de cette contribution, c'est la loi, Rorty bouillonne, parfait, parfait, vive le droit du travail, dans ce cas débrouillez-vous pour me licencier les quadragénaires les mieux payés, Françoise se met à pâlir, mon Dieu, quelle mine cadavérique, ses cernes se creusent à vue d'œil, de Vals la dévisage avec un cynisme amusé, Pujol ricane bêtement, quel imbécile, cheveux bruns ondulés, yeux bleu lavasse, traits réguliers plutôt grossiers, fausse irrésistibilité du séducteur cheap, plastique grassouillette et peu ragoûtante du pseudo-beau, Alighieri est toujours ailleurs, il regarde par la fenêtre un arc-en-ciel que personne ne voit, et si j'avais un amant, un homme charmant, doux et attentionné, nous nous verrions certains soirs de la semaine, parfois le week-end, il serait réalisateur, metteur en scène ou écrivain, il habiterait un duplex place

Saint-Sulpice, nous nous donnerions rendez-vous boulevard Saint-Germain pour refaire le monde autour d'un verre, marcher des heures dans les rues, atterrir dans un cinéma d'art et essai du Quartier latin et finir la nuit chez lui, dans son duplex, à écouter la nuit et apprendre à nous connaître, nous serions aussi nus et insouciants que deux adolescents découvrant l'amour, allez, seulement deux quadras trop bien payés, minimise Rorty, à leur place on engagera des stagiaires, ils peuvent faire du bon travail s'ils sont encadrés, le tiers du SMIC et déjà opérationnels, à propos, penser à convoquer Sylvie Dumas, les bons de commande clients étaient encore truffés d'erreurs, ce n'est pas parce qu'elle est en train de divorcer qu'elle doit faire n'importe quoi, la voir entre quat'z'yeux pour lui rappeler qu'elle est tenue de fournir un minimum de travail en échange de ses émoluments, c'est dans son contrat, combien elle est payée déjà, deux mille euros je crois, deux mille euros pour arriver à dix heures et partir à dix-huit après avoir pris une heure pour déjeuner, en voilà un bon tarif horaire, enfin si je lui remonte les bretelles j'ai intérêt à le faire en douceur, je la vois d'ici, elle va encore jouer la victime et me refaire la comédie de la pauvre assistante harcelée par sa méchante patronne, la dernière fois elle avait menacé de faire venir l'inspection du travail pour préjudice moral, comme si son attitude à elle n'était pas un préjudice pour l'entreprise, ça y est, je suis énervée, Rorty m'observe, ses cheveux sont toujours aussi raides et ses yeux aussi clairs, il me fait penser à une baie vitrée d'un building construit dans les années quatre-vingt au bord du Pacifique, Françoise soupire et se passe la main sur le front, elle qui dirige ce service depuis plus de dix ans et n'avait jamais licencié personne jusqu'à ce jour, quelle épreuve, une excellente juriste en plus, une femme si fine, si cultivée mais si fragile, une fois qu'elle aura fait le ménage dans son service Rorty va s'en occuper personnellement, c'est certain, et après, pour retrouver du travail à cinquante-quatre ans, bonne chance, n'importe quelle DRH de n'importe quelle entreprise vous fait comprendre avec un sourire compassé que malgré vos qualités personnelles et professionnelles vous ne correspondez pas au poste, même à quarante ans vous êtes trop âgé pour retrouver du travail, ça y est, Rorty parle à Françoise, elle a un mois pour engager une procédure de licenciement à l'encontre des salariés les moins productifs de son service, elle proteste, elle ne comprend pas, tout le monde travaille au moins dix heures par jour, les dossiers sont toujours traités en flux tendu, elle n'a jamais payé ses collaborateurs à ne rien faire, de Vals ondule de la tête, il voudrait nous faire bénéficier de son expérience sur le dossier stagiaires, il évoque les deux nouveaux venus de son équipe, deux jeunes diplômés frais émoulus d'écoles supérieures de commerce de je ne sais plus quelle ville de province, Reims, Nantes ou Poitiers, qui abattent un travail phénoménal, ils restent parfois jusqu'à minuit et ne se plaignent jamais, une entreprise pourrait très bien fonctionner avec des pools de stagiaires fortement encadrés dans une structure à la fois transversale et pyramidale, de Vals ricane en émettant un drôle de gloussement, on dirait une hyène ou un chacal, oui, plutôt un chacal, Rorty lui lance un regard complice du style, bien joué mon gars, tu iras loin, Tissier et la Brémont acquiescent distraitement, Castaglione se redresse sur son siège avec une drôle de moue sensuelle et autoritaire, Stoeffer grimace, Alighieri, toujours dans les étoiles, Alighieri, Pujol me regarde fixement, je n'aime pas ce regard, je n'aime pas ce garçon, sexe sans grâce, pesanteur, lourdeur, l'archétype du don Juan des clubs de gym, le Casanova des vestiaires, vraiment, il me met mal à l'aise, je dois me protéger contre sa présence néfaste, je ne sais pas à quoi il me renvoie mais je sais que je ne l'aime pas, et ce regard sale, glauque, pensées malsaines, ébats mécaniques, obscénité burlesque et vide du sexe privé d'amour, mes aigreurs remontent, j'ai quelques démangeaisons dans le bas du dos, gratter légèrement avec mon stylo, ah, ça fait du bien, j'espère que Denis ne va pas rentrer trop tard ce soir, c'est vrai que ces derniers temps il était fatigué et grognon, ça fait tellement longtemps qu'il ne s'est rien passé entre nous, la vie de couple obéirait-elle aux mêmes lois que celles de l'entreprise avec ses CDD, ses CDI et ses licenciements pour insuffisance professionnelle, la journée est à peine commencée et je me sens déjà si déprimée…

(2ᵉ cercle. Pujol)

… vivement ce soir que je revoie ma petite pharmacienne, en attendant cette Dominique Meyer est très sexe, un peu triste certes mais très sexe, assurément plus sexe que triste, bon, si je me calmais un peu, elle va finir par me repérer, me concentrer sur cette foutue réunion, je suis relax, je suis fort, je respire, je ne bafouille pas si Rorty me cuisine sur la campagne d'État pour la prévention des accidents du travail que nous devions réaliser, OK, nous étions censés l'avoir gagnée, OK, je me suis avancé un peu vite en annonçant que c'était signé, ou presque, mea culpa, c'est la vie, c'est du passé, je ne vais quand même pas me flageller en public, tournons-nous vers l'avenir, en direction des prospects prometteurs et des perspectives de développement, en profiter pour glisser Marc, l'air de rien, oui, Rorty ne doit pas oublier que mon beau-frère est l'un des dirigeants de la plus grosse complémentaire santé du marché, n'est-ce pas l'une des raisons, peut-être l'unique raison pour laquelle j'ai été engagé ici, je revois sa tête s'illuminer quand j'ai mentionné Marc lors de mon entretien d'embauche, tu parles, une aussi belle opportunité pour l'entreprise, sacré Rorty, il nous bassine encore avec le transactionnel, nous encourage à faire le ménage dans nos équipes mais précise qu'il ne veut rien lâcher, deux mois maxi pour les moins de quatre ans, six mois pour les plus anciens, là il pousse le bouchon un peu loin, on ne va quand même pas demander à un salarié qui a dix ou vingt ans de maison de partir avec six mois d'indemnités, c'est un peu n'importe quoi, enfin, c'est son business, je vais faire semblant d'être d'accord, pas terminé ma période d'essai, encore un mois et ce sera bon, je pourrai enfin me reposer un peu, au moins me mettre en roue libre, je ne sais pas si j'ai bien fait de venir ici, dans cette entreprise de dingues, enfin bon, pas trop le choix, pas envie de me retrouver payé au rabais dans une boîte minable ou, pire, indemnisé par les Assedic, vu mon train de vie j'ai pas intérêt à me planter, la pauvreté, quel cauchemar, puanteur des SDF, laideur des mal logés, lèpre, gangrène, dermatoses purulentes, heureusement Rorty me veut du bien, du moins pour le moment, tant que je le tiendrai par les couilles avec Marc tout se passera bien, bon, je dois quand même me concentrer sur cette foutue réunion et me préparer à répondre quand ce sera mon tour, je suis relax, je suis fort, je respire, il en fait une tête ce Stoeffer, il ressemble à un vieux bulldog enragé, oui, un vieux bulldog renfrogné et libidineux, la voisine de mamie en avait un, il ne pouvait pas s'empêcher de baver et de s'agripper à nos jambes à chaque fois qu'on allait la voir, un jour il avait violé le mâle d'une autre voisine, un bichon maltais, ça lui avait complètement explosé l'arrière-train, la pauvre bête pissait le sang, Rorty se prépare à aborder un point de l'ordre du jour qui va, il en est intimement persuadé, mettre tout le monde d'accord, ou au moins de bonne humeur, il veut bien entendu parler du séminaire d'entreprise prévu au mois de septembre, reste à fixer la date exacte, et le lieu, pour la date, on pourrait se réserver le dernier week-end du mois, et tant pis pour ceux qui voudront prendre leurs jours de RTT à ce moment-là, pour le lieu, il attend nos propositions, pourquoi ne pas improviser un mini brain-storming, chacun se prononcerait sur des idées de lieux, on voterait et on choisirait à la majorité des suffrages exprimés, allez, qui veut se lancer, allez, honneur à la gent féminine, d'un geste qui se voudrait rond et convivial il invite Brémont à commencer, cette grosse truie de Brémont, elle propose la Tunisie, évidemment, vu sa tête elle a dû passer pas mal de temps à Djerba à essayer de se faire tringler, moi, si j'étais saoul et encore, dans le coma peut-être, Castaglione enverrait bien tout le monde en Thaïlande, dans la jungle, loin de la civilisation, rien de tel qu'un bon dépaysement pour casser les routines, briser les carapaces de chacun et faire naître une dynamique de groupe, la Thaïlande, pas étonnant de sa part, je l'imagine parfaitement en train d'arpenter la forêt tropicale avec un short d'explorateur et un sale air de routarde mangeuse d'hommes, aussi antipathique qu'excitante, cette fille, je la verrais bien nue, là, au milieu de tous, la Brémont et la

Meyer l'agresseraient à coups de concombre et de godemiché, un combat de lutte féminine, en voilà une bonne idée, Brémont, Meyer et Castaglione nues dans la boue, je serais le manager de Castaglione et elle m'obéirait au doigt et à l'œil, debout, assise, couchée, elle m'excite mais je ne voudrais pas être son mec, ou alors juste une nuit, elle doit être redoutable en privé, à propos, est-ce que je vais voir le prochain K-1 à Bercy, pourquoi pas, Thierry a des places je crois, Tissier propose le Sénégal, décidément, quel ringard, pauvre, pauvre type, le Sénégal, comme dans *Les Bronzés à la plage*, et en prime complexes hôteliers avec putes à volonté, pays en voie de développement, bordel de l'Occident, les Africaines, j'adore, mais passer après des beaufs à la Tissier, non merci, sans façon, comme à son habitude de Vals fait le malin, il a trouvé la solution idéale, il se tortille pendant d'interminables secondes pour finalement accoucher de son idée de yourte en Ouzbékistan, il fait référence aux tentes de sudation, aux rituels chamaniques, au village global, à la Californie où il a fait ses études, dit n'importe quoi et son contraire, lui non plus je ne l'aime pas, complètement malsain ce type, il me fait penser à une pissotière, Stoeffer prend le contre-pied immédiat et suggère la Suisse, idéale selon lui pour les séminaires entreprises, il propose l'escalade du mont Cervin, drôle d'idée pour un gars qui fume plus de deux paquets par jour, Rorty le toise avec mépris, un jour il va le virer, c'est sûr, à moins que Stoeffer ne clamse avant, Clément-Dourville préférerait ne pas aller trop loin, peut-être en Bretagne ou en Normandie, cela lui paraîtrait infiniment plus réaliste

que les pays lointains, elle pense à des complexes hôteliers sur la côte particulièrement adaptés à ce type d'activités, Roussel irait bien faire un tour de l'autre côté de la terre, en Australie ou en Nouvelle-Zélande, ce dingue d'Alighieri répond que l'Australie, c'est très bien, mais la Bretagne aussi, et tout compte fait pourquoi pas l'Ouzbékistan ou la Thaïlande, complètement décalqué ce type, ou alors il se fiche ouvertement de la gueule du monde, Dominique Meyer se verrait bien dans un pays méditerranéen comme l'Italie ou la Grèce, drôle de nana, on ne sait jamais ce qu'elle pense, toujours mesurée, jamais un mot plus haut que l'autre, sans aucun doute la plus émouvante de cette auguste assemblée avec son air las, sa voix traînante et ses gros nibards, *a priori* elle est mariée mais bon, jusqu'à preuve du contraire ça ne m'a jamais empêché d'envisager la possibilité d'une plus étroite collaboration, enfin, pourquoi ils me regardent tous comme ça, ah, c'est mon tour, je vais peut-être dire la même chose que Dominique Meyer, non, ce sera l'Amazonie, de toutes manières je suis le roi de l'impro, allez, je me lance, (.....................
....
....
...............), je crois que j'ai été assez bon, je les ai amusés avec cette histoire de remake de Koh Lanta chez les Jivaros, stage de survie le jour et plantes hallucinogènes la nuit, la grande classe pour un séminaire d'entreprise, extase chimique et partouze collective, par laquelle je commencerais, Meyer, Castaglione ou la grosse Brémont, ah mais non, suis-je bête, il y aurait aussi toutes les petites chefs de

groupe et leurs assistantes, la grande blonde qui était à la machine à café, un peu pouffe, tout à fait à mon goût, c'est délicieux, ça se mange sans faim, comme ma petite shampouineuse du fifty-five, une affaire au lit, par contre, après, prière de chausser ses boules Quies, vertige de l'ennui, cette fille était d'une platitude, complètement vénale en plus, au fait, ça gagne bien ton métier, est-ce que tu aimes les enfants, tu ne voudrais pas avoir une maison à la campagne, je la voyais venir celle-là, gros comme une maison, heureusement, j'ai pris une capote, j'ai déjà fait une bêtise en me mariant, pas envie de me retrouver comme ce pauvre Christophe Baltus, j'en suis à combien déjà, deux cent une je crois, oui, deux cent une en comptant ma petite pharmacienne de ce soir, deux cent une et ce n'est qu'un début, vous allez voir, mes chéries, je vais toutes vous étourdir de plaisir, et dans dix ans, et dans vingt ans, et dans trente ans, d'ici là j'aurai intérêt à gagner beaucoup d'argent, c'est évident, le fric est mon seul salut, noires, blanches, rousses, elles sont toutes à croquer, et Rorty, tiens, si je me le tapais, ce serait drôle, je le vois gigoter comme si j'y étais, il doit être musclé et nerveux, pas facile à assaillir, non, je plaisante, les hommes ne m'ont jamais vraiment attiré, je suis un hétéro invétéré, n'est-ce pas, mes chéries, au fait, Jean-Patrick vient de me laisser un message, est-ce que je vais au rugby demain soir, bonne question, je ne le remercie pas de me l'avoir posée, tout dépendra de mon état général demain, difficile de savoir à l'avance, difficile de savoir de quoi sera faite la nuit, Rorty coupe court à notre petit brain-storming, il commente les idées des uns et des autres, son avis est un couperet, la Tunisie c'est plutôt segmentant vers le bas pour une agence de com corporate, la Thaïlande beaucoup trop éloignée, il y a des problèmes de budget, de logistique, de disponibilité des salariés, même punition pour le Sénégal, sans parler des vaccins contre le paludisme et tout le tintouin, l'Ouzbékistan ou l'Amazonie lui paraissent d'excellentes idées dans l'absolu, mais également irréalistes en pratique, l'Italie ou la Grèce, pourquoi pas, c'est une idée à creuser, quant à la Bretagne ou la Normandie, bof, bof, Rorty ferme les yeux, se passe délicatement la main sur le front, belles tempes dégarnies de manager, beau gosse ce Rorty, et puis il a l'air si intelligent, peut-être plus qu'il ne l'est en réalité, mieux vaut laisser un peu de marge en sens inverse, comme cet abruti de Tissier, lui au moins a l'air tellement stupide qu'il ne risque pas de décevoir, euréka, Superjailairintelligent vient de trouver une idée qui va mettre tout le monde d'accord, il pense à un hôtel château avec golf, tennis, sauna, hammam, construit près d'un site médiéval dans le Valois, juste à côté de Compiègne, cette solution posséderait, à son sens, les avantages de l'éloignement, comme le suggéraient certains, sans en avoir les inconvénients pratiques, cette solution, oui, lui apparaît comme un magnifique compromis entre les désirs de chacun, tu parles, tu parles, comme s'il n'avait pas prévu tout cela de longue date, comme s'il n'avait pas prémédité cette pseudo-consultation et ce magistral coup de théâtre, histoire de montrer à tous qui est le chef dans cette boîte, et, comble de l'imposture, il propose de soumettre cette idée au vote à main levée, qui est pour, dix mains se lèvent, seul Stoeffer est contre, ce Stoeffer a vraiment envie de se payer Rorty, drôle de type tout de même, il me rappelle ce gars, dans mon ancienne boîte, un syndicaliste, il n'arrêtait pas de distribuer des tracts pour dénoncer les agissements de la direction, je crois même qu'il les avait envoyés au tribunal pour délit d'entrave ou un truc dans ce genre-là, Stoeffer, un ancien patron, il paraît que sa boîte marchait bien dans les années quatre-vingt mais quand il s'est fait racheter, au moment de la guerre du Golfe, il a quasiment tout perdu, heureusement qu'il lui reste la com corporate des laboratoires Variphor, l'un des plus gros portefeuilles de l'agence, la dircom est l'une de ses ex, tant qu'elle sera là il sera tranquille, enfin tranquille, tout est relatif, j'ai l'impression que Rorty prépare un coup d'État via de Vals, si je ramène le groupe Vitalia grâce à Marc j'ai intérêt à bétonner l'affaire, sinon, panpan culcul à la moindre fusion-acquisition, pour revenir à ce séminaire pourquoi pas Compiègne, pourvu qu'on rigole un peu, qu'il y ait du golf, une salle de sport et des salopes un peu éméchées le soir, je me souviens de cette pauvre fille, il y a deux ans, chez Salt Consulting, comment s'appelait-elle déjà, une assistante chef de projet, Annie Sicart, oui, Annie Sicart, gros cul, gros nichons, légèrement demeurée, elle avait terminé nue dans la piscine de l'hôtel, elle en était revenue complètement galvanisée, la pauvre, et trois mois plus tard, elle se faisait licencier pour insuffisance professionnelle, Rorty conclut le point séminaire entreprise et passe au point suivant, la formation interne, il demande à

Tissier s'il a avancé sur ce chantier, Tissier commence par froncer les sourcils façon crooner, pauvre type, il se prend vraiment pour Dean Martin ou James Bond, il s'éclaircit la voix, il a cru voir, parmi l'encadrement de l'entreprise auquel nous sommes censés appartenir, quelques personnes qui auraient tout intérêt à prendre des cours d'expression orale, ciel, comme tout cela est poussif, laborieux, prétentieux, et d'abord qui est-il pour nous donner des leçons de communication, pauvre, pauvre type, en train de se faire quitter par sa femme, pas mal, si je me souviens bien, plutôt BCBG province, genre pintade élevée au grain, un miracle qu'il ait réussi à la trouver, un exploit qu'elle ait tenu tout ce temps, pauvre, pauvre type, comme s'il n'avait pas, lui aussi, tout intérêt à prendre quelques cours d'expression orale, en plus de faire un bon régime et acheter de la lotion antipelliculaire, un vrai aérodrome à pellicules, son col, si j'étais une femme, je lui mettrais à peine quatre sur vingt, au fait, ce soir j'espère que je vais enfin conclure avec ma petite pharmacienne, un mois que ça dure, cette histoire, j'étais prêt à laisser tomber l'affaire et paf, elle me rappelle, quelle tête elle a déjà, je me souviens de ses cuisses fuselées, de ses seins devinés sous son chemisier mais pas de sa tête, allez, essayer de me concentrer, ah non, pas un kaléidoscope formé de toutes mes ex, allez, je recommence, là c'est Meyer qui me vient à l'esprit, encore raté, maintenant Anne-Laure Brémont, le comble, ô Brémont, reine des mal baisées, tu es aussi canon qu'un camion, ô Brémont, princesse des frustrées, tu as l'air d'un thon dans ton tailleur acheté en promotion, ma petite pharmacienne, j'étais dans un tel état la dernière fois que l'on s'est revus, bon ce soir, restau et dodo, je lui fais le grand jeu et le coup du verre à la maison, c'est éculé mais ça marche neuf fois sur dix, quel bonheur quand j'entends le oui fatidique, ou, mieux encore, la petite hésitation qu'une simple contre-argumentation suffit à balayer, je donnerais tout pour vivre une éternité dans cet entre-deux, prélude au paradis, désir infini, beauté mortelle du corps des femmes, vertige du rapprochement imminent, magie de la nuit, ça y est, je suis en érection, Casanova est de retour, vive le célibat, dire que j'ai fait la bêtise de me marier, pour être divorcé au bout de six mois, quelle absurdité, quel gâchis, un peu plus je devenais Tissier, l'horreur, je l'imagine si bien dans sa maison de famille de La Baule avec bobonne, les enfants, le caleçon de bain inchangé depuis plus d'une décennie, les petits déjeuners déjà rancis d'ennui, toute une vie d'habitudes et de confort, toute une vie sans séduire, sans faire naître chez l'autre cette étincelle divine, cet autre en qui je jouis de me savoir si beau et en qui je ne cherche qu'un chemin, celui qui m'amènera à me perdre entre ses cuisses…

(*3ᵉ cercle. Brémont*)

… je ne suis pas bien assise, j'ai mal au dos, ces chaises sont inconfortables, et Tissier, ce soporifique Tissier qui parle d'optimiser notre savoir-être auprès des clients, savoir-être, quelle expression ridicule, impression d'assister à un cours de management des années quatre-vingt, très eighties, ce Tissier, il préconise des modules de quatre ou cinq personnes, jeux de rôles, présentations filmées, tout sera soigneusement décrypté pour que chacun puisse visualiser ses tics afin de mieux les éradiquer, il y aura également des cours d'anglais pour les nouveaux arrivants qui vont avoir à travailler à l'international, le même principe de jeux de rôles et de présentations filmées y sera appliqué, au fait, c'est Tissier qui s'occupe de la formation maintenant, pourquoi Tissier alors qu'il n'a aucune compétence pour cela, l'année dernière c'était Françoise Clément-Dourville, quoi de plus normal pour une directrice juridique et RH, pourquoi Tissier, ce ringard de Tissier qui s'écoute parler, ses mots se perdent en vibrations filandreuses et désagréables à l'oreille, son front luit, sa moustache remue, il me dégoûte, ça y est, j'ai des fourmis dans les jambes, marre d'être assise, j'ai faim, j'ai les jambes lourdes, Pujol me regarde fixement, qu'est-ce qu'il me veut ce play-boy au rabais, impression d'être une grosse vache, j'aimerais bien me trouver un homme, mais que faire, où aller pour le trouver, et Tissier, toujours Tissier, beurk, pas sexy pour un sou, ce Tissier, Rorty bâille ostensiblement, de Vals affiche un rictus de contentement, Rorty est assurément un bel homme mais il ne m'inspirerait pas une grande confiance, ce serait bien le genre à avoir une double vie, Tissier évoque la maîtrise de l'outil informatique, pour les dépenses tout sera imputé sur le budget de formation, conformément aux dispositions légales, ça y est, il se prend pour un juriste maintenant, j'ai la nausée, j'ai encore trop mangé ce matin, je ne trouverai jamais un homme si je continue à me bâfrer comme une truie, je suis vide, c'est horrible ce que je suis vide, heureusement, il y a les copines, j'adore quand on s'appelle la nuit, avec Léa on a parlé jusqu'à trois heures du mat, son mec l'avait plaquée, j'adore quand les copines se font plaquer, ce soir j'ai une répétition, tant mieux, le club de théâtre est vraiment sympa cette année, encore plus que l'année dernière, dommage qu'il n'y ait que des filles et des homos, je devrais peut-être faire de la gym, Rorty remercie Tissier et se propose de continuer, après ces deux agréables digressions, de revenir aux sujets qui fâchent, la mission dont il a été chargé, à savoir la réorganisation de l'entreprise, moi je m'en fiche, je n'arrête pas de gagner des budgets, je rapporte au moins six fois mon salaire, charges comprises, si on m'éjecte je retrouverai facilement du travail, enfin j'espère, je dois commencer à préparer mon topo, surtout si Rorty m'interroge sur les deux nouveaux budgets et les retards de paiement, resituer brièvement le contexte et faire ressortir les points forts de la stratégie agence qui ont su séduire le client, quant aux retards je me débrouillerai bien pour trouver une excuse, c'est horrible ce que j'ai faim, je me suis pourtant enfilée deux blinis au Nutella et deux croissants au petit déjeuner, je vais encore grossir mais je m'en fiche, au point où j'en suis, j'ai trente-six ans et je vais finir ma vie seule et sans enfants, j'ai beau avoir fait Sciences Po et un DESS en psychologie appliquée je me sens aussi décérébrée qu'un papillon, je vis à cent à l'heure mais je vis sans boussole, j'aurais tant aimé avoir trente ans dans les années soixante-dix, comme mes parents, pour eux tout était plus simple, se rencontrer, faire un bout de chemin ensemble, avoir une maison, des enfants, même s'ils se quittaient après des années de vie commune, aujourd'hui les hommes sont si difficiles, si hésitants et il y a tellement de filles seules tellement plus jolies que moi, ce soir Barbara fête son anniversaire au Baron, je suis sûre de rentrer seule à la maison, la foire aux bestiaux est ouverte, d'abord les belles, ensuite, les autres, j'espère que je ne suis pas contaminée, pour des histoires qui ne sont même pas des histoires d'amour, ce serait le pompon, les hommes ne me respectent pas, les hommes me méprisent, ils me quittent pendant que ça refroidit en moi, les hommes ne m'aiment pas et moi je ne m'aime pas non plus, je suis le trou de rechange, la cochonne que l'on se tire en fin de soirée quand toutes les jolies sont parties et que l'on jette comme un kleenex, j'ai envie de pleurer mais je dois me concentrer, rester présente et attentive à cette réunion si ennuyeuse, Rorty aborde le point « standard », il nous rappelle que le standard, loin d'être un simple lieu d'accueil, cristallise toute l'image de l'entreprise, en tout état de cause la personne qui occupe ce poste se doit de la représenter, en incarner l'esprit en quelque sorte, ce rôle d'interface entre l'intérieur et l'extérieur ne peut s'opérer qu'à la seule condition de décliner des qualités susceptibles de nous rendre désirables auprès des clients comme des prospects, ces qualités s'appellent l'affabilité, la grâce, la prévenance, bref, il ne comprend pas comment a pu être engagée et gardée une personne qui en est aussi dépourvue alors qu'il y a des centaines de jeunes étudiantes inscrites dans des agences d'hôtesses et il voulait, par simple souci de transparence, avertir le comité de la décision qu'il avait été amené à prendre à son égard, Françoise Clément-Dourville le coupe immédiatement, elle lui rappelle l'historique de la société, résultat de deux fusions-acquisitions jusqu'à son intégration dans le groupe, elle lui rappelle que Christiane est l'une des seules rescapées de la première fusion, elle fait partie des meubles, elle est malade avec un enfant à charge, on ne peut pas faire n'importe quoi avec les êtres humains, l'entreprise a une responsabilité morale envers ses salariés, Rorty l'invite à se rassurer, il a prévu une belle somme qui lui permettra de voir venir, et puis rien ne dit que cette personne ne trouvera pas une meilleure place ailleurs, à quarante-cinq ans, tu parles, ce Rorty est quand même une belle ordure, Stoeffer le coupe soudainement, il est tout à fait d'accord avec Françoise, Christiane effectue plus que bien le travail pour lequel elle est très mal payée, elle est là pour répondre au téléphone, pas pour un défilé de prêt-à-porter, de Vals l'interrompt aussitôt pour faire part de sa propre expérience, en toute objectivité, d'un ton faussement détaché, il raconte qu'il y a quatre mois à peine, lors de son entretien de recrutement, il avait effectivement été surpris par cette énorme bonne femme au regard lunaire, il insiste sur le o de énorme en levant ses deux bras pour signifier la largeur de Christiane, pour lui c'est une décision hélas cruelle mais inéluctable, pour l'intérêt de la société et son image auprès des clients, une mesure de salubrité publique en quelque sorte, Tissier affiche une moue grasse et réjouie, Roussel feint de n'avoir rien entendu, décidément, quel courage, les hommes, Clément-Dourville et Stoeffer secouent la tête avec peine, ils ne vont pas rester longtemps, ces deux-là, moi je cherche un homme, le reste est sans importance, je devrais peut-être recommencer les chats sur internet, le dernier que j'avais rencontré était plutôt sympathique, grand, mince, graphiste dans la pub, un visage ingrat d'adolescent attardé et un grand corps mou, il m'a laissé plusieurs messages mais je ne lui ai pas répondu, trop gentil, un peu insipide peut-être, au point où j'en suis je devrais arrêter de faire ma difficile et d'attendre le prince charmant, au fait, est-ce que Delphine est toujours avec son syndicaliste, lui au moins a du caractère, trop peut-être, un syndicaliste moi je ne pourrais pas, je les trouve tellement prises de tête, toujours en train de s'opposer, de revendiquer, d'attaquer, je préférerais un cadre supérieur, mais attention, pas quelqu'un de très pris avec une maîtresse dans chaque port mais un homme aussi implacable dans sa vie professionnelle que doux et attentionné dans le privé, physiquement je le préférerais grand, mince, avec des yeux clairs et une fossette au menton comme Michael Douglas, dans la série des décisions unilatérales Rorty nous soumet encore une de ses idées fulgurantes en organisation interne, décidément, c'est un festival, il estime que certains services coûteraient moins à l'entreprise s'ils étaient traités à l'extérieur, il pense notamment au service courses, deux personnes payées à se tourner les pouces toute une partie de la journée c'est aberrant, on n'a jamais vu ça dans une entreprise qui développe une marge opérationnelle de plus de quinze pour cent, pourquoi ne pas leur donner une rente à vie pendant qu'on y est, Françoise prend la parole, elle soupire, elle a des cernes, elle a beaucoup vieilli depuis quelques mois, elle me rappelle la cousine de maman morte d'un cancer après avoir passé sa vie à chuter de dépression en dépression, j'avais quel âge, onze ans, douze ans, quand on allait la voir, elle me faisait peur tellement elle était maigre, je me souviens qu'à l'époque dans la famille on avait beaucoup parlé de *Mars*, de Fritz Zorn, Françoise essaye désespérément de se défendre, l'équipe de direction précédente, dont elle faisait partie, avait pris cette décision pour mieux gérer et contrôler le flux tendu des courses, et s'il est vrai que Philippe et Laurent connaissent parfois des moments de creux, ils travaillent énormément, n'hésitent pas à faire plus que leur temps de travail en période de grande activité, le choix du service courses externalisé, qui était celui de l'entreprise avant ses deux fusions-acquisitions n'est pas forcément plus économique, Rorty coupe court au débat en demandant qui est pour l'externalisation du service courses, six doigts se lèvent, je lève également mon doigt, seuls Stoeffer, Françoise, Dominique Meyer et Alighieri sont contre, l'externalisation du service courses est donc adoptée, il va falloir convoquer les deux salariés à leur entretien préalable, d'abord leur trouver une faute, bien sûr, Françoise va s'en occuper, Rorty lui fait confiance pour gérer proprement ce dossier, j'ai encore des fourmis dans les jambes, mon sexe me démange comme il me démange souvent la nuit, en m'endormant, je ne vais tout de même pas me gratter en pleine réunion, je devrais bouger, prendre mon corps en main, je pourrais faire du body-sculpt, deux fois par semaine, et perdre cinq kilos en deux mois, comme Aurélie, avec sa nouvelle silhouette elle s'est déjà trouvé un mec, si elle veut le garder elle n'a pas intérêt à s'arrêter, j'irais bien au cinéma ce week-end, je vais appeler Alexia, elle n'avait rien de prévu samedi soir, demain, maman se fait opérer du genou, j'espère que ça va bien se passer, papa est encore en Allemagne, il rentre ce soir, Rorty passe au point suivant sans sourciller, il demande à Françoise si elle a avancé sur la GED, Stoeffer demande ce qu'est la GED, Françoise lui répond que GED signifie Gestion Électronique de Documents, c'est la gestion du futur, il n'y aura bientôt plus à s'embarrasser de toute la paperasserie administrative, des factures fournisseurs ou des devis clients, tout sera scanné et archivé sur intranet pour pouvoir être partagé par l'ensemble des collaborateurs, elle précise que ce dispositif est en cours d'installation, les prestataires ont bien travaillé, les équipes, en revanche, sont un peu dépassées, tout cela est si nouveau, elle regarde Tissier, sur le volet formation il faudrait dédier une journée à la GED pour tout le service gestion, Rorty s'étonne de cette demande, comment peut-on demander une formation sur un dispositif que l'on est censé connaître *a priori*, pour un contrôleur de gestion ou un comptable c'est tout de même le minimum syndical, pourquoi ne pas les former au maniement des chiffres pendant qu'on y est, je ne trouve pas ça drôle du tout mais je ne veux pas contrarier Rorty, que faire, rire ou ne pas rire, là est la question, je fais celle qui n'a pas entendu, voilà, Rorty ricane, évidemment, de Vals aussi, quel sale type, toujours à lécher les bottes de Rorty, Roussel s'étire avec lenteur, trop décontracté pour être honnête, celui-là, Castaglione pouffe, Castaglione ne fait, ne sait que pouffer, elle regarde les autres, elle regarde le monde en surplomb, je ne l'aime pas du tout, elle est fausse, calculatrice, arriviste, pleine de haine et de mépris, sa soif de pouvoir crève les yeux, elle me méprise, je ne suis à ses yeux qu'une petite boulotte écervelée, Tissier arbore un sourire grotesque et laid, pauvre, pauvre Tissier, à part regarder les cours de la Bourse en direct et interroger ses placements je ne sais pas ce qu'il fait de ses journées, comment est-il arrivé là où il est je l'ignore, avec Pujol ils forment la plus grande paire d'incompétents qu'il m'ait été donné de rencontrer depuis que je travaille, cette folle de Castaglione et cette crapule de De Vals, au moins, ne sont pas totalement immunisés contre les bonnes idées, j'ai encore faim, je ne suis pas bien assise, je déplie les jambes mais j'ai encore plus mal aux fesses, j'espère que je n'ai pas attrapé le sida avec le mec de la fête d'Anne-So, je me vois encore en train de le sucer, pas mal, ce type, mais pas très net, personne ne le connaissait, il était venu par un soi-disant ami qui a eu un empêchement de dernière minute, et il m'a donné un faux numéro par-dessus le marché, Rorty enchaîne sur le point compta, il commence par sermonner Françoise Clément-Dourville au sujet d'une histoire de factures non honorées, comment se fait-il que certains managers parviennent non seulement à obtenir de leurs clients des bons de commande signés et des chèques avant travaux tandis que d'autres attendent que le travail soit réalisé pour toucher des honoraires la plupart du temps revus à la baisse, sans compter tous les impayés que nous avons et que nous devons impérativement exiger, que fait la directrice financière pour récupérer cette somme, que font les managers concernés, je devrais arrêter de boire comme un trou dans les soirées, après je ne maîtrise plus rien, tout devient possible, surtout le pire, ce matin j'avais des rougeurs sur le front, peut-être les premiers symptômes, non, soyons sérieux, le syndrome de Kaposi n'a rien à voir avec des rougeurs insignifiantes, n'empêche, je l'ai peut-être attrapé, à force de faire n'importe quoi de mon corps et de me donner à n'importe qui, quand j'ai lu *Cytomégalovirus* de Guibert ça m'a fichu un de ces chocs, surtout la scène où il évoque les adolescents colombiens énucléés par la mafia locale, ventes d'organes, crime organisé, cancer, sida, zones industrielles déshumanisées où règnent la prostitution et le crime organisé, tout cela est inhumain, trop inhumain, je pense à Guibert et la liste de mes amants sans visage ne cesse de défiler, comme une danse mortelle, non, je dois arrêter d'y penser, je n'ai pas le sida, du moins je l'espère, tiens c'est drôle, quand je regarde Tissier l'horreur s'en va, oui, c'est curieux, la vue de Tissier me rassure, il est tellement normal, tellement classique, à l'image du quotidien sans mystère qu'il incarne, celui d'une France paisible et éternelle, une France de riants villages et de verdoyants vallons, il paraît qu'il est en train de divorcer, qu'importe, je le vois si bien avec bobonne et la petite famille, très années cinquante, très province, avec ses trois enfants et son labrador, le soir toute cette petite famille doit l'attendre, lui, le chef de famille, le chef de cette famille que je désirerais tant construire avec cet homme que je ne rencontrerai jamais…

(*4e cercle. Tissier*)

… j'espère que le tribunal va la débouter et m'accorder la garde alternée, après tout, c'est elle qui veut partir, c'est elle qui exige une pension alimentaire de quatre mille cinq cents euros, le délibéré est jeudi, pourvu que je ne perde pas la garde des enfants, pourvu que je n'aie pas ces quatre mille cinq cents euros à payer à vie, Rorty me regarde d'un œil mauvais, je ne sais pas ce qu'il veut mais je me doute que ce n'est pas que du bien, le monde du travail est de plus en plus dur, pas le moment de me faire licencier, Sebbag et Blanchet n'ont toujours pas retrouvé, je ne suis pas mieux armé qu'eux, peut-être même un peu plus âgé, mes hémorroïdes me font encore souffrir, je suis fatigué, je voudrais m'allonger, le traitement du docteur Watz ne me fait plus aucun effet, je saigne en permanence, ça devient franchement intenable, il va falloir que je me fasse opérer, je ne vais pas y couper, comme si je n'avais que ça à foutre en ce moment, il paraît que c'est affreusement douloureux, un mois à souffrir le martyre dès que l'on s'assoit, moi qui passe ma vie en réunion ça promet, en plus il y a cette saloperie d'hypertension, vingt-trois quinze lors du dernier contrôle, je vais être obligé de prendre des bêtabloquants, Rorty cuisine désormais Anne-Laure Brémont, il lui demande de s'expliquer sur le retard de paiement de la CRAPIF, elle était censée avoir réglé les impayés la semaine dernière, cette pauvre Brémont bafouille, dit n'importe quoi, il y a eu le week-end de Pâques, elle a eu le client en ligne qui avait donné son accord de principe sur le bon de commande mais ses équipes ne l'ont pas avisée du retard, elle n'a pas été alertée à temps du problème, Laure, qui gérait le budget, vient de partir en congé maternité, il y a eu un accord de principe, tout sera régularisé dans les plus brefs délais, un accord de principe sur quel bon de commande, rugit Rorty, comme pour accompagner sa colère, un postillon traverse le rai de lumière qui illumine une partie de la pièce, ça y est, elle se met à pleurer, Rorty arbore un petit air satisfait, moi-même, je dois l'avouer, ne suis pas mécontent de la voir ainsi sur le gril, pourquoi se priver des petits bonheurs mesquins de la vie en entreprise, Rorty répète encore une fois, Rorty précise qu'il répète mais qu'il ne le répétera plus parce qu'il en a plus que marre de répéter, désormais chaque bon de commande doit faire l'objet d'une validation au comité de contrôle mis en place depuis février, comité constitué d'Arnaud, de Sophie et de lui-même, chaque opération financière doit impérativement passer par cette instance qui saura apprécier le temps passé sur le projet, bien sûr, mais également la qualité des prestations et le type de documents à produire, chaque manager se doit de gérer au mieux l'enveloppe budgétaire de ses clients et superviser le suivi des recettes comme des dépenses, Rorty aborde le point suivant de l'ordre du jour, le transfert des budgets Unilife et Brévitis de l'équipe de Stoeffer à celle de Vals, décidément, il ne va pas rester grand-chose à Stoeffer s'il se met à perdre ses budgets historiques, ces derniers temps il venait de moins en moins à l'agence, il n'est pourtant pas en détachement à ma connaissance, Stoeffer semble résigné, enfin résigné, tout dépend de son degré d'alcoolémie, pauvre type, son heure va bientôt arriver, Rorty doit tout de même se méfier de sa violence physique, ce type est un fou furieux, capable de se mettre dans des états extrêmes, il paraît qu'il a fait de la prison à la fin des années soixante-dix, dans un mouvement anarcho-gauchiste proche des brigades rouges, les années soixante-dix, les trente glorieuses, époque bénie où l'on pouvait quitter son job pour en retrouver un deux fois mieux payé le lendemain et avoir des relations sexuelles sans se faire envoyer au tribunal, notre époque est d'une tristesse, tout la rend si morose, si dure, si laborieuse, difficulté de trouver un travail, de le garder, d'en retrouver un si on le perd, violence des relations conjugales, intransigeance des femmes qui passent leur temps à pointer vos faiblesses et vous faire comprendre que vous n'êtes qu'un minable, immature et névropathe, pauvre Stoeffer, Rorty va l'obliger à partir, c'est sûr, Stoeffer aura beau lui envoyer son poing dans la figure ou le meilleur avocat de Paris aux prud'hommes, rien n'y changera, mon Dieu, pourvu que mon licenciement ne soit pas programmé, pourvu que je fasse encore partie des effectifs de l'entreprise d'ici un, deux, trois, quatre ans, comment ferais-je pour payer une pension alimentaire, l'école privée pour les enfants, les vacances au club, le loyer de mon nouvel appartement en attendant la vente de l'ancien, nous allons nous diriger vers un sujet qui fâche, badine Rorty, un sujet qui a fait l'objet de débats internes lors de notre dernier comité stratégique, c'est, vous l'aviez deviné, la suppression de ce fameux treizième mois, après avoir longtemps tergiversé on doit se lancer, un petit sacrifice pour les salariés, un grand bond pour l'entreprise, nos collaborateurs sont dans l'ensemble suffisamment bien payés, les avantages acquis tuent l'économie, Françoise Clément-Dourville prend un air catastrophé, elle s'est toujours opposée au projet, c'est illégal, on ne peut pas enlever des avantages acquis, on peut le faire en toute légalité, lui répond Rorty, on peut d'autant plus le faire en toute légalité que ce n'est rien, pas même un accord d'entreprise, un simple usage qu'il suffit de dénoncer pour s'alléger, les salariés pourront toujours aller au tribunal si ça leur chante mais je crains qu'ils ne soient déboutés avant même d'avoir été entendus, conclut Rorty avec lenteur et cynisme, tribunal, tribunal, impression de n'entendre que ce mot-là à longueur de journée, entre le divorce, cette association qui m'attaque pour non-assistance à personne en danger parce qu'un crétin de SDF est venu crever sur mon palier et cette hystérique de Julia qui me menace de harcèlement sexuel, ça m'apprendra à coucher avec l'une de mes subordonnées, elle va me pomper un maximum de dommages et intérêts, je n'en peux plus, je suis à bout, qu'ai-je fait pour mériter cet enfer, j'aspire au calme et ma vie est de plus en plus chaotique, j'avais objectivement tout pour être heureux, d'excellents diplômes, une santé de fer, une jolie femme, deux enfants merveilleux, des amis haut placés, un poste de dirigeant dans une boîte prestigieuse et je ne récolte que des catastrophes autour de moi, Pierre-Yves me dit que je dois avoir un mauvais karma, j'ai fait du mal dans une vie antérieure et je dois payer, non, plus sérieusement, il est temps que cela s'arrête, de toute manière si les emmerdes continuent à s'accumuler je ne pourrai plus gérer et je partirai, comme le font ces hommes traqués qui un beau jour quittent leur travail, leur famille, leur domicile, sans laisser d'adresse, parfois ils changent d'identité pour ne pas être reconnus, je partirai au Québec, j'y referai ma vie avec une jeune Canadienne fraîche et robuste, je donnerai des cours de management dans un institut français, j'aurai un appartement à Montréal, une maison de campagne dans les Laurentides et une Buick décapotable, mes nouveaux amis seront des professeurs accompagnés de jolies étudiantes, comme dans *Le Déclin de l'empire américain*, tout cela n'est peut-être pas si absurde, j'ai quarante-neuf ans et rien de m'interdit de refaire ma vie, en attendant je travaille plus de douze heures par jour pour payer les avocats et les dépenses de notre vie commune, je ne vois aucune amélioration à l'horizon et j'ai peur de ce procès, j'espère au moins qu'ils ne vont pas m'enlever les gosses, cette garce est capable de tout, même de faux témoignages, dire que tout le monde lui aurait donné le Bon Dieu sans confession, la pauvre Chantal, si sensible, si fragile et gnagnagni, ma femme me quitte et ma maîtresse ne trouve rien de mieux que d'inventer cette histoire de harcèlement, ah, si j'avais su, elle avait tout prévu, la garce, même les collègues au restaurant pour qu'il y ait des témoins, et pendant ce temps, Chantal qui s'envoyait en l'air avec son coach-karatéka, en plus c'est moi qui lui ai présenté à cette soirée du grand prix de communication corporate, j'aurais dû me méfier de ce play-boy courtaud, trop poli pour être honnête, oui, maintenant je m'en souviens, il la dévisageait comme s'il voulait la dévorer, un karatéka, ceinture noire quatrième dan, je n'aurai pas le temps de lui allonger un direct qu'il m'aura déjà aligné trois fouettés dans le visage, Rorty poursuit son panégyrique à l'austérité, aïe, mes hémorroïdes, dès que je bouge elles me lancent, c'est intolérable, inquiétant cette hypertension, le médecin était formel, je devrais maigrir, faire un régime, de l'exercice, moi qui n'ai jamais été très sportif, ça va être difficile, si en plus je suis condamné au pain sec et à l'eau, autant en finir de suite, Chantal avec un karatéka et Julia qui utilise notre relation de subordination pour m'attaquer dans le privé, quelle tristesse, j'avais une femme et une maîtresse et je me retrouve avec deux procès sur les bras, aïe, encore ces saloperies qui me torturent, mal assis, ces chaises ne sont pas conçues pour les gros et les insuffisants veineux, Rorty ne connaît visiblement pas ces problèmes, Rorty est svelte et sportif, Rorty déteste le gras, s'il fait cela c'est pour préserver l'emploi sans sacrifier la profitabilité de l'entreprise, il faut trouver une juste mesure entre travail et capital, disait Karl, n'est-ce pas, Pierre-Henry, il m'adresse un signe complice, je lui retourne un sourire, trop appuyé peut-être, impression que ma bouche s'est figée dans une expression simiesque, j'ai du mal à me débarrasser de ce sourire, ce Rorty enregistre tout, il se souvient que j'ai fait une thèse d'histoire, la propagation des idées révolutionnaires dans les œuvres de Marx et de Proudhon, j'avais dû lui en toucher deux mots lorsqu'il m'avait convoqué, dès son arrivée, Marx et Proudhon, les deux frères ennemis du socialisme, la première attaque était venue de Proudhon, dans *Philosophie de la misère,* le Bisontin, si ma mémoire est bonne, s'en prenait autant au spiritualisme bourgeois de son époque qu'au matérialisme dialectique, Marx avait immédiatement riposté avec sa *Misère de la philosophie*, papa et maman étaient venus à la soutenance, j'avais eu mention très bien, ils étaient si fiers, vingt-cinq ans déjà, heureuse époque, j'étais encore un homme libre, pas encore criblé de dettes et de procès, je ne lis plus, plus le temps, c'était quoi déjà le dernier, ah oui, *Da Vinci Code*, presque un an déjà, bon polar ésotérique et érudit, non, un an, j'exagère, c'était pendant les vacances de Noël, cinq mois, donc, mais depuis, rien, je n'arrive même pas à terminer cet essai sur la fin de l'humanisme et la toute-puissance de la génétique, pourtant passionnant comme sujet, les matériaux intelligents, la prothétique, les paysages génétiquement modifiés, quel est le titre de ce livre déjà, pas *Du monde clos à l'univers infini*, ni *Le Chaos et l'Harmonie*, encore moins *Ces gènes qui nous gouvernent*, qu'importe, ça me reviendra, bref, depuis quelque temps l'homme ne cesse de descendre de son piédestal et mes emmerdes de se multiplier à la vitesse de la lumière, comment ai-je pu me fourvoyer à ce point, comment le jeune diplômé enthousiaste et plein d'espoir est-il devenu un pauvre type stressé, usé, malmené par la vie, le candidat idéal à l'infarctus, j'entends battre mon cœur fatigué, mes veines surchargées me démangent et dans mon cerveau se chevauchent des foules de problèmes sans solution, zut, j'ai encore oublié mes veinotoniques ce matin, Chantal était tellement odieuse, elle est passée en coup de vent sans prévenir, et l'autre qui l'attendait sur le palier, j'en suis sûr, Rorty demande à Castaglione où elle en est de la prochaine table ronde RH, Rorty est comme hypnotisé par cette femme, elle a l'air redoutable, Chantal en pire, capable de tout pour arriver à ses fins, moi, je sens qu'elle me méprise, normal, je ne lui suis d'aucune utilité, elle joue le grand jeu à Rorty en épelant avec une morgue protocolaire le nom et le titre des personnes invitées, il y aura même un expert du Conseil économique et social, spécialiste du vieillissement et des conséquences du renversement démographique sur la pyramide des actifs, vaste sujet, Rorty acquiesce, non mais je rêve, lui qui ne cesse de parler de sang neuf, de stagiaires et de mises en préretraite pour les quinquagénaires, non seulement il a le culot d'acquiescer mais en plus il prend un air catastrophé, révolté par ces méchantes entreprises qui licencient des salariés expérimentés et compétents, Rorty félicite à nouveau Sophie Castaglione, dans un métier où le relationnel est si important on ne peut pas vivre en vase clos, ces petits déjeuners à idées qu'elle anime avec autant de brio sont en train de devenir un véritable laboratoire entrepreneurial, rien que cela, et pourquoi pas une avant-garde artistique pendant qu'on y est, cette Castaglione est une vraie

Merteuil, elle ne rapporte aucun budget, travaille deux heures par jour mais elle a une influence incroyable auprès de Rorty, au fond je crois qu'il en a peur, c'est vrai qu'elle est redoutable, si elle a été parachutée par l'international ce n'est pas par hasard, elle a déjà dégommé ces pauvres Sebbag et Blanchet et elle ne va pas s'arrêter là, c'est une intrigante, une tueuse de sang-froid, je n'aime pas la façon dont elle me toise, quel mépris dans son regard, à ses yeux je suis Tissier le laid, le ventru, Tissier le cancrelat d'entreprise, il y a si longtemps que personne ne m'a regardé avec amour, c'est vrai, je ne suis plus très frais, j'ai beaucoup grossi depuis quelque temps, j'ai allègrement dépassé la barre des quatre-vingt-dix, pour un mètre soixante-quinze pas terrible, dire qu'à vingt ans je pesais soixante kilos tout mouillé, est-ce une raison pour me mépriser à ce point, mes hémorroïdes me font souffrir à un point intenable, je vais exploser, m'éparpiller en tripes et boyaux aux quatre coins de la pièce, Rorty invite chaque manager à cultiver le relationnel-client non seulement avec raison mais aussi avec passion, ne pas hésiter à les étonner en les conviant, par exemple, à des expositions d'art contemporain, des journées thématiques, des festivals, que sais-je encore, quitte à prendre sur son temps de week-end et de RTT, le mot RTT a l'air de beaucoup amuser Rorty, la France est au repos, il ne faut pas la réveiller, nous sommes le pays où l'on travaille le moins et il faudrait en plus appliquer des lois iniques, enfin, il oublie tout de même de préciser que nous avons l'une des meilleures productivités horaires du monde, bon, je ne vais pas le contredire, ça y est, il fustige la société des loisirs et d'oisiveté dans laquelle la France est embourbée, prend les États-Unis comme modèle, la législation du travail y est moins contraignante et l'économie incomparablement plus dynamique, ce n'est pas en travaillant trente-cinq heures par semaine que les États-Unis en sont arrivés là où ils en sont, ricane Rorty, Castaglione acquiesce, de Vals évoque le Japon, il y a travaillé quatre ans, la législation y est extrêmement favorable aux entrepreneurs et aux audacieux, ce petit arriviste en profite pour flatter Rorty et lui dire que sa voix sera entendue un jour, l'histoire des idées, comme l'économie, fonctionne par cycles, chacun y va de son expérience, de son opinion, de son idéologie sur cette réduction du temps de travail, aïe, encore mes hémorroïdes, je dois être en train de saigner, je regarderai tout à l'heure aux toilettes, j'ai si mal, parfois je voudrais me supprimer tellement c'est douloureux…

(*5e cercle. Stoeffer*)

… gueule anéantie à la Bacon, face explosée à la Di Rosa, chairs hurlantes à la Munch, les cartilages céderaient, les sphincters se relâcheraient, l'urine et le sang se mélangeraient au reste, ce serait bien, ce serait juste, c'est tout ce que cette ordure mérite, ordure, ordure, ce type est une ordure, aucun respect, aucune compassion, rien, dans les camps je sais de quel côté il serait, ordure, ordure, et cette pauvre Anne-Laure Brémont, et ces affligeantes pitreries autour des déjeuners à idées, quel spectacle abject, l'entreprise pousse et s'épanouit sur le fumier le plus nauséabond, l'ordure nous berce de ces discours pompeux et vides sur le changement, l'évolution, certitude que rien n'est acquis et que l'on peut faire toujours mieux, repousser les limites, Lindbergh n'aurait jamais pu arriver au bout de son voyage s'il n'avait eu la force de se tenir éveillé malgré une fatigue extrême, et les plus grandes inventions scientifiques, et les plus grandes œuvres, et les plus grandes réalisations humaines, toutes nées de cette volonté insensée de s'émanciper de la force des habitudes et de la règle, mensonge, vanité et esbroufe à gogo, il appelle ça anthropologie du changement, cette pauvre fille est en pleurs, j'ai les poumons en feu, je vais tousser, trois paquets par jour, bon score, excellent score, mon cher Richard, vous êtes en train de battre votre propre record, fumer tue, fumer réduit la fertilité, fumer rend impuissant, fumer provoque des maladies graves, pauvres cons, quand bien même vous vous prémunirez contre le cancer du fumeur, vous ne pourrez jamais ordonner à un nuage radioactif de s'arrêter à vos frontières ou à une fibre d'amiante de reculer devant vos poumons, ni au plomb, ni au mercure, ni aux émanations mortelles des revêtements en polytétrafluoréthylène des poêles à frire de vous éviter, ni aux pesticides, ni aux particules allergogènes et cancérigènes des matériaux composites, ni aux solvants, ni aux molécules de dichlorodiphényltrichloréthane, de diphényles polychlorés, d'ignifuges phtalates et de composés perfluorés détectés dans le sang de trente-neuf députés britanniques de vous ignorer, vous, tout ça parce que vous ne voulez pas mourir d'un cancer, ni à toutes les autres pollutions mortelles invisibles mais irréversiblement présentes dans l'eau, dans l'air, et dans la terre de faire leur vie sans vous, tranquilles, chez le voisin ou à l'étranger, qu'importe pourvu que ce ne soit pas chez vous, vous reprendrez bien un peu de tofu, mon cher Richard, l'avènement de l'entreprise protoplasmique, tu parles, protoplasmique mon cul, tout ce qu'il veut c'est alléger les charges pour faire remonter le maximum de dividendes aux actionnaires, au moment où ils m'ont racheté j'ai bien vu comment ils ont procédé, licenciement des derniers arrivés et surcharge de travail pour les autres, compression de la masse salariale, pressions, dépressions, le reste n'est que publicité, marketing et piège à neuneus, et moi, et nous, et les salariés, que deviennent-ils dans cette infâme déchetterie, Rorty le beau, la belle gueule, gueule à pulvériser, un œil dans les chiottes, une oreille clouée au mur, le nez dans le cul de Vals, les couilles mixées dans une centrifugeuse, voilà qu'ils m'enlèvent encore deux budgets, je vais bientôt me faire jeter comme une merde, je le sens venir, pas le moment de faire une faute lourde ils n'attendent que ça, avec mise à pied et compagnie, pourtant pas l'envie qui m'en manque de me jeter sur ce fumier de Rorty, d'abord un direct pour le sonner, après je le mets au sol et je le chevauche, pluie de coups de poing sur le nez, la bouche, les tempes, quel plaisir d'imaginer sa petite gueule défigurée et sanguinolente, est-ce que je parviendrais à le mettre au sol, pas sûr, mes championnats de judo sont loin, trois paquets de clopes et quatre verres de whisky par jour, ça use, adieu résistance physique, vélocité, souffle, vivacité, seule solution, l'étranglement, si j'arrive à l'attraper il est foutu, mais avant de l'attraper, j'ai le temps de me prendre des coups bas, cet enfoiré est sec, musclé et vicieux, quel mépris dans son regard, dans sa tenue, dans son discours, quand je pense qu'il ne cesse de se faire mousser auprès des médias, de se présenter comme le fervent défenseur des droits de l'homme, du développement durable et du dialogue social, la presse est truffée d'interviews de cette ordure, il nous donne des leçons de civisme alors qu'il se comporte comme un porc, un porc immonde et abject, si je n'avais pas été patron j'aurais été syndicaliste, juste pour le plaisir de le faire chier, de l'attaquer en justice, de lui foutre ses immondices à la gueule sans être licencié, j'aurais été syndicaliste pour être salarié protégé, l'intouchable haï des équipes dirigeantes et honni de ses propres collègues, le banni des augmentations, le damné des promotions, le forçat du droit social, représentant la loi dans un univers hors la loi, la prochaine étape, je la connais, il va me convoquer dans son bureau, tenter de me cuisiner sur la façon dont je me vois dans l'entreprise d'ici quelques années, me proposer un accord foireux du type tu gardes ton budget, c'est vrai, Dieu merci il me reste encore un budget, et tu deviens une sorte de consultant free-lance, tu verras, ce sera beaucoup mieux pour tout le monde, là je vais dire fuck you, pas question, je suis salarié de cette putain de boîte que j'ai créée il y a presque vingt ans, ils vont alors me proposer du transactionnel, un an peut-être, peut-être deux, je vais encore leur dire fuck you, vu mon âge, pas question de transiger, je vais leur envoyer mon avocat, ils vont essayer de m'impressionner, je vais les attaquer aux prud'hommes qui me donneront un an et demi, deux ans d'indemnités grand maximum, bref, mieux vaut éviter de faire un faux pas, c'est une question de vie ou de mort pour moi, pour nous, je ne suis pas tout seul dans cette histoire, Judith, le restau, si ça foire je vois d'ici la banque, le fisc, toutes les emmerdes arriver au galop, on s'est quand même pas mal endettés avec cette histoire, un restau mexicain, ça ne se monte pas aussi facilement qu'un escalier, ah, qu'elle est bonne, six mois pour convaincre cet enfoiré de banquier, six mois d'attente, de stress, de contrariétés pour que ce fichu projet puisse enfin voir le jour, pas intérêt à faire banqueroute à cause d'un licenciement mal négocié, je suis trop vieux pour penser qu'un couple peut vivre d'amour et d'eau fraîche, après les prud'hommes on a toujours la possibilité de faire appel, Krantz me disait qu'ils étaient beaucoup plus généreux avec les salariés difficilement recasables, moi, à cinquante ans, au moins, je suis tranquille, il me citait en exemple cette salariée de cinquante-cinq ans licenciée sans cause réelle et sérieuse que sa boîte, une grosse entreprise de BTP, avait été obligée d'indemniser jusqu'à la retraite, il y a parfois une justice dans ce pays, dire que tous ces problèmes de chômage et de retraite me faisaient marrer il y a vingt ans, qu'est-ce que j'étais con et arrogant, le succès abêtit, l'échec nous oblige à regarder nos limites, les années quatre-vingt, si lointaines, si irréelles, ai-je vraiment eu mon heure de gloire ou tout cela n'était-il qu'une illusion, un rêve destiné à me tromper, les années quatre-vingt, Stoeffer le précurseur, le gourou de la com corporate, tous les prix en com d'entreprise, les filles tombaient comme des mouches, le Palace, les Bains, les mannequins, les comédiennes, les stagiaires, toutes aussi sublimes que défoncées, Deauville, pfft, envolés, la vie serait-elle donc aussi brève et le temps aussi farceur, la dernière fois que je suis allé en boîte, l'horreur, oppressé de partout, désagréable impression d'être un vieux beau, non, même pas, un vieux laid, et après les oreilles qui bourdonnent et les sueurs froides, j'ai encore pris des kilos, faudrait que j'arrête de picoler et de fumer n'importe quoi, le médecin m'a mis en garde, oh, après tout, ce ne serait pas une grosse perte pour la société, j'ai tout perdu en vendant Starcorp, je me suis moi-même perdu en misant toute ma carrière sur une réussite hypothétique, vivre, c'est apprendre à perdre, disait je ne sais plus quel penseur à la mode dans les années quatre-vingt, Cioran, je crois, oui, Cioran, cette phrase est d'une justesse extraordinaire, elle a été faite pour moi, du vrai sur-mesure, et voilà-t'y-pas qu'il nous rebassine les oreilles avec son dada de la rupture, savoir rompre avec ses habitudes, sa vision du monde, les plus grands scientifiques ont su se débarrasser des anciens paradigmes pour en adopter de nouveaux, cette ordure nous récite sa bible apprise par cœur dans je ne sais quel manuel de développement personnel, quelle bouillie infâme, quand j'étais chef d'entreprise, je n'ai jamais procédé à de tels lavages de cerveaux, j'essayais juste de leur faire comprendre leur rôle au sein du collectif, et faire en sorte que tout aille pour le mieux mais là, quelle démagogie, c'est dégueulasse, ah, ça y est, il nous sert l'holisme, tout est dans le tout et chaque élément se reflète dans le tout qui reflète chacun de ses éléments, si un seul élément est défaillant c'est l'ensemble qui est atteint, qui ne peut plus avancer, pour régénérer le tout il faut couper la partie malade, l'éradiquer, quel nazi de merde, quelle démagogie infecte, il justifie son abjection par des bondieuseries californiennes new age, avec tout le respect que j'ai pour la bande de Palo Alto, Huxley, Watzlawick, Bateson et consorts, je ne crois pas, je n'ai jamais cru à toute cette mystique de ressources humaines, on essaie de nous faire gober toutes ces conneries pour nous éloigner de notre vraie condition, des rats en cage, voilà ce que nous sommes, des rats qui cherchent désespérément une sortie, sauf qu'il n'y a pas de sortie, ou la seule sortie c'est la mort, par ici, la sortie, le pire c'est que les autres ont l'air de gober ces âneries, de Vals a l'air totalement scotché par le grand chef, de Vals, petite tanche nuisible, prototype du cadre dynamique et dévoué, capable de toutes les bassesses pour arriver à ses fins, Tissier, lui, a plutôt intérêt à veiller à son matricule, à la moindre incartade, poum, il est en train de divorcer dans de sales conditions, pauvre type,

Françoise a l'air totalement effondrée, il y a de quoi, avec ses problèmes personnels, en train de perdre son mari, je devrais déjeuner plus souvent avec elle, moi de ce côté-là au moins tout va pas trop mal, Judith se porte à merveille, mon ex aussi, merci pour elle, notre fille est charmante, son nouveau petit ami aussi, étudiant en architecture, il a l'air sympathique ce garçon, enfin quelqu'un de sain, d'équilibré, pas comme toutes ces raclures, regardez-moi Pujol qui lèche goulûment la parole du grand chef, quel pitoyable bellâtre, le faux derche dans toute sa splendeur, dire que je supporte ce spectacle chaque jour que Dieu fait, enfin Dieu, façon de parler, même les croyants ont de plus en plus de mal avec un truc aussi délirant et kitsch, il n'y a qu'ici que l'on se prosterne devant la parole unique de l'être suprême, le rayonnement divin du verbe absolu, ces comités stratégiques sont des pantalonnades grotesques à la gloire du duce, du führer, du caudillo, l'entreprise est totalitaire, totalitaire dans ses rituels, ses fondements, son organigramme, si je leur expliquais ces imbéciles ne comprendraient même pas, ils ont tellement l'impression d'être dans leur bon droit, ah, le discours abject qu'il a tenu à Sebbag et Blanchet, oui, vous comprenez les gars, je n'ai rien contre vous personnellement, c'est pas de ma faute, c'est le groupe, les actionnaires, quoi, ils me demandent plus que je ne peux leur fournir, nous sommes trop à être trop bien payés, je dois faire un choix, tout choix est injuste, forcément injuste mais je dois trancher, on est tous dans le même bateau, vous êtes encore jeunes, vous retrouverez facilement, on peut en reparler, mon bureau vous est grand ouvert, quelle ordure, un jour je le tuerai, non, pas le tuer, juste le blesser, lui crever un œil par mégarde ou lui casser le nez sans faire exprès, non, pas le blesser, juste l'humilier, l'enfermer à clef dans un bureau après lui avoir fait boire de l'huile de ricin et revenir en présence de tous les salariés de l'entreprise, non, l'humiliation est trop douce pour une telle raclure, ce soir, Nico et Charly viennent à la maison, je vais leur préparer un cocktail whisky-colombienne d'enfer, et si j'arrêtais de me droguer, demain, la vie saine, un jogging chaque matin dans le bois, les oiseaux, les odeurs de verdure, l'oxygène, je m'inscris à un club de sport et je mange bio, oh, non, qu'est-ce que ça doit être chiant, autant crever tout de suite, non, je pourrais peut-être suivre une formation, pour la retraite j'ai encore dix ans à cotiser, il va bien falloir que je travaille s'ils me virent mais une formation de quoi, jardinier, tiens pourquoi pas jardinier, ils n'ont pas l'air stressés, mais c'est payé combien jardinier, sûrement à peine le SMIC, je fais comment pour vivre, non, prof dans un institut privé, enfin, prof, pas évident qu'ils m'acceptent, je n'ai rien, aucun diplôme, aucune légitimité institutionnelle, de Vals me fixe, qu'est-ce qu'il a à me regarder comme ça, tête de pintadeau, petite ordure à la gloire de Rorty, retenez-moi ou je lui saute à la gorge, je me vois déjà en train de lui exploser la trachée artère, seul problème, si on le supprimait il y en aurait cent autres, mille autres, aussi dynamiques, dévoués, proactifs, aussi parfaits que le contenu d'une petite annonce de recrutement dans un journal de cadres, et l'autre raclure qui nous fait son cours sur l'évolution, l'immobilisme et la pesanteur sont les plus grands ennemis de l'évolution, d'ailleurs, regardez les dinosaures, l'homme est un être pour le dépassement, non, de la philo, Rorty nous donne des cours de philo maintenant, j'ai envie de vomir, je crois que je vais vomir là, en pleine réunion, devant tout le monde, pour que cesse cet ignoble spectacle, c'est obscène, arrêtez-le, en plus ces imbéciles ont vraiment l'air passionnés, ils écoutent sagement, attentivement, cette folle de Castaglione a mis sa main sur le menton et le dévore du regard, quelle voracité, cette femme est un vrai vagin sur pattes, et cet olibrius de Pujol qui acquiesce béatement, Tissier prend sagement des notes, Roussel le fixe d'un air sarcastique, pas la bonne méthode pour arriver en haut de l'échelle, mon gars, pauvre gars, dire qu'il a été engagé pour améliorer le niveau créatif de l'agence et que la seule chose qu'on lui demande, c'est de faire le ménage dans ses équipes, une insuffisance professionnelle par-ci, un licenciement transactionnel par-là, Meyer affiche toujours son air blasé, il n'y a que cet ahuri d'Alighieri qui a l'air de s'en ficher comme de l'an quarante, pas le pire de tous, ce garçon, lui aussi risque de déplaire assez vite au duce, un jour ou l'autre il va se faire convoquer, une ordure dans toute sa splendeur, ce Rorty, la première fois j'avais eu une mauvaise impression et les premières impressions sont toujours les bonnes, une ordure, je pourrais le faire attendre à la sortie de l'entreprise par des tueurs à gages qui l'emmèneraient dans la campagne pour le tuer après l'avoir fait méticuleusement souffrir ou, mieux, qui l'abattraient comme un chien, un p'tit coup de carabine et puis s'en va, d'un pas fier et méprisant, il ne s'est rien passé, juste une détonation dans le silence, quand j'allais à la chasse avec papy c'est la première chose qui m'avait troublé, la facilité avec laquelle on peut enlever la vie, une simple pression du doigt et c'est fini, tout se résume désormais à cette petite chose encore chaude mais déjà inerte…

(*6e cercle. De Vals*)

… musclé et svelte, certes, mais il a déjà les tempes grisonnantes et des rides menacent de lui barrer le front, l'empire de la mort ne cesse de gagner du terrain, partout, jour après jour, à quoi va-t-il ressembler dans vingt ans, dans trente ans, dans quarante, où va-t-il finir sa vie, dans un accident d'avion ou une maison de retraite, je le vois déambuler en peignoir dans les couloirs d'une résidence de luxe, Les Lilas ou Les Glaïeuls, il y aurait des reproductions de Cézanne sur les murs et des femmes de ménage en train de passer l'aspirateur, cette folle de Castaglione en fait une tonne avec ses petits déjeuners à idées, je ne comprends pas comment elle en est arrivée là, vu ce qu'elle rapporte en new biz, son réseau, son cul, peut-être les deux, Rorty la regarde avec une insistance suspecte, qu'est-ce qu'il lui trouve à cette hystéro, avec son teint gris malsain, sa silhouette de mannequin sur le retour et sa voix d'outre-tombe, moi, elle me ferait peur, et méchante comme une crotte par-dessus le marché, Rorty lui fait la cour, c'est clair, cette conversation qui s'éternise au sujet des petits déjeuners à idées est ridicule, je suis moins ridé que lui, je n'ai pas quarante ans, je suis le plus jeune de l'assemblée, je comprends les situations à la vitesse de l'éclair, je suis un être hors du commun, ça y est, j'ai aperçu la marque de son costume, un peu décevant, je m'attendais à mieux, un peu cheap ce Rorty finalement, je serais vraiment pas si mal à sa place, allez Rorty, fais-nous un bon infarctus, un cancer, une grippe aviaire, tout ce que tu veux pourvu que l'on soit obligé de te trouver un successeur, pour le moment je crains qu'il ne soit en parfaite santé, toujours bronzé, musclé, pas le candidat idéal à l'infarctus, pas comme ces loques de Tissier ou Stoeffer, dans leur sénilité ils doivent confondre entreprise et hospice, je te foutrais ça en préretraite, moi, hop-hop-hop, cela dit pour Rorty tout n'est peut-être pas perdu, paraît qu'il prend pas mal de speeds, Sandrine l'a surpris, tôt le matin, il avait toutes ses gélules sur le bureau, il en a fait une tête en la voyant, allez, Rorty, une petite overdose, ce jour-là je téléphonerai à Barco qui me mandatera immédiatement, j'espère qu'il sera encore à la présidence du groupe, dans combien de temps Rorty est-il susceptible de crever, dix, quinze ans, peut-être plus, peut-être moins, je saurai être patient, ils verront tous qu'à côté de moi Rorty n'était qu'un social-démocrate mollasson et terne, je téléphonerai à maman, elle sera si heureuse, si fière, je suis appelé à d'immenses responsabilités et je vais tous vous croquer, première étape, neutraliser cette tarée de Castaglione, elle connaît du monde à l'international, son carnet d'adresses est vraisemblablement bien meilleur que le mien, je dois m'en méfier comme de la peste, Rorty, ce bel homme, son côté WASP m'excite, je me le taperais bien dans les chiottes du premier, je lui flanquerais une grosse perruque blonde frisée, je l'obligerais à me sucer en l'appelant ma petite poupée jolie, je le battrais et je le jetterais comme un kleenex cradingue, un play-boy aussi sûr de lui, ce serait tellement drôle, question, est-il plus beau que moi, pas sûr, ce matin dans la glace j'étais pas mal, pas mal du tout, surtout quand je contractais les biceps et les pecs, dix heures de musculation par semaine, ça fait son effet, lui aussi est musclé mais moins, beaucoup moins que moi, plus grand mais moins musclé, moi Tarzan, toi Jane, dire qu'ici ils me croient tous fiancé, casé et monogame, s'ils m'avaient vu hier soir, au Vit Club, avec cette bande de vieilles putes liftées de partout, des Anglaises, elles ressemblaient à de grosses dindes hystériques, j'espère au moins que ces connasses ne m'ont pas contaminé, à moins que ce ne soit le gros mec piercé du Deeper, le week-end dernier, ça y est, mon cœur s'emballe, j'ai des frissons d'angoisse, ces saloperies de maladies me fichent une de ces trouilles, pourvu que je n'aie pas une crise de panique, où sont mes médocs, dans mon bureau, au pire je pourrais toujours m'absenter trois minutes, allez, ne plus y penser, me concentrer sur Rorty qui nous joue sa fibre médefienne, au fond c'est un grand comédien de boulevard, ma petite poupée jolie, je ne sais plus quel soir je me suis masturbé en pensant à toi, tu cueillais des champignons en pyjama, dans une clairière, j'étais ton prince charmant et je me battais contre des hordes de ronces et de buissons pour te rejoindre et après, quel délice de te descendre le pantalon et de te pénétrer en t'étranglant, tu résistais comme un vaillant guerrier mais j'étais tellement plus fort que toi, un vrai régal, dire que tu m'accordes une confiance sans bornes, dire que tu me prends pour ton bras droit, sûr que je joue bien la comédie, et puis je bosse bien, meilleur développeur, meilleur CA, meilleur ratio productivité par équipe, tous les gros comptes de l'année, industrie, loisirs et campagnes d'intérêt général, c'est moi qui les ai fait rentrer, petit Rorty, je te tiens par la barbichette, ah, ah, la réussite en entreprise tient parfois à des équations basiques, mon Dieu, la Clément-Dourville, que cette femme est triste, Rorty la martyrise encore, il lui annonce que la réorganisation de l'entreprise l'oblige à repenser l'espace, il a vu tout cela avec un architecte d'intérieur, pour le moment tout doit rester confidentiel mais sa décision est prise, notre future entreprise sera un espace de transparence et d'ouverture, pour cela il faudrait ouvrir, abattre les cloisons, la solution idéale, la seule solution, pourrait-on même avancer après avoir tourné le problème dans tous les sens, consisterait à transposer le service juridique et financier, qui occupe une bonne partie du troisième étage actuel, au rez-de-chaussée, à la place de l'ex-service courses, lequel va être externalisé, il lui annonce ça, tout de go, elle lui répond d'un ton monocorde et aigre, primo elle ne voit pas comment son service, qui compte jusqu'à preuve du contraire, une dizaine de salariés, pourrait tenir dans une cellule où deux salariés travaillaient déjà dans une promiscuité effrayante, elle rappelle au passage que la législation du travail précise que chaque salarié a droit à un espace minimum de quinze mètres carrés en bureau individuel ou de sept mètres carrés en open space, secundo elle eût apprécié que Rorty prenne ce type de décision après consultation du comité d'entreprise et des salariés eux-mêmes, ciel, que cette femme est laide et antipathique, elle est vieille, ses rides plombent l'image de l'entreprise, quand je fais visiter la boîte, j'ai toujours la hantise que mes clients la croisent, moi qui fait tout pour qu'ils soient bluffés par la jeunesse et la beauté de mon équipe, eux, au moins, je les ai choisis, je te ficherais tous ces déchets en préretraite, moi, hop-hop-hop, je me demande ce que va lui répondre Rorty, ah, il prend son ton consensuel et social-démocrate, jusqu'à preuve du contraire c'est le chef d'entreprise qui dirige l'entreprise, les instances représentatives du personnel seront consultées conformément à la loi, de toutes les manières l'avis du comité d'entreprise, il tient à le rappeler, est uniquement consultatif, quant au manque supposé de place, l'architecte a prévu un système de bureaux extrêmement ingénieux, les espaces glisseraient les uns dans les autres pour créer l'illusion des mètres carrés manquants, l'illusion des mètres carrés manquants dans trente mètres carrés, je serais curieux de voir ça, la Clément-Dourville soupire, secoue la tête, regarde Stoeffer, les deux piliers de l'entreprise, tu parles de piliers, pour moi, ce sont des meubles bons à jeter, tables, chaises ou vieux canapés pourris, au choix, de vieux meubles à jeter à la décharge, ils sont faits pour s'entendre ces deux-là, si j'étais Rorty je managerais le renouvellement des générations avec un peu plus de nerf, cette ambiance de mouroir me fout en l'air, souvenirs de ces interminables déjeuners, à la maison, avec toute la famille, de vieux oncles, de vieilles tantes et de vieux cousins de Normandie, tous vieux, tous gros, fermentés à l'eau de prune et décorés de l'ordre du Mérite agricole, l'horreur absolue, j'étais le paria de la famille, l'intello de service à qui on filait une raclée quand on avait rien de mieux à faire, gros paysans minables, abjecte bourgeoisie de province, à l'école je me faisait toujours tabasser, j'étais le plus petit, le plus rachitique, trop protégé peut-être, les enfants de ruraux sont des veaux, bêtes, sales et méchants, vile populace en sursis de catastrophes naturelles, bénis soient l'effet de serre, la pollution chimique et les changements climatiques, au diable le développement durable, le dialogue social et toutes ces foutaises humanistes, Rorty prend son air docte, il nous mitonne une de ces tirades dont il a le secret, dire qu'il prépare un livre sur les mutations dans l'entreprise, bouillie philosophico-anthropologico-managériale, le changement, oui, vas-y mon Rorty, explique-nous le changement, les mutations, le darwinisme, la nécessité de retrouver le goût du dépassement et le sens du défi, ah non, il commence plus modeste aujourd'hui, profil bas, déférent, ma chère Françoise, si vous comptez sur moi pour ne rien changer dans cette entreprise et laisser les choses là où elles en sont, vous vous trompez, je n'ai d'ailleurs jamais caché ma volonté de faire avancer les choses, ma chère Françoise par-ci, ma chère Françoise par-là, il est vrai que pour cette pauvre femme la pilule doit être un peu grosse à avaler, ah, j'ai de la compassion pour elle, moi qui déteste la compassion plus que tout, OK avec Nietzsche, sentiment abject, l'agneau raisonneur reproche à l'aigle d'être aigle, donc de le manger, donc d'être méchant alors que lui, agneau, est gentil puisqu'il ne mange pas l'aigle, et c'est ainsi que la morale des esclaves, la morale de la compassion devint la loi universelle, l'une des plus belles idées de Nietzsche, *La Généalogie de la morale*, mon livre de chevet à vingt ans, souvenirs émus des *Sept couleurs* de Brasillach, des *Nourritures terrestres* de Gide, du *Feu follet*, et de *Rêveuse bourgeoisie* de ce bon Drieu, sans oublier Barrès, Morand, Papus, une vraie révélation, Papus, l'éveil au monde de l'esprit, et après Guénon, *Le Règne de la quantité*, *L'Homme et son devenir selon le Vêdânta*, *Le Symbolisme de la croix*, et après Bataille, la grande fusion de l'érotique et du mystique, l'esclave répond à Rorty qu'il ne s'agit pas de défendre l'immobilisme et de s'interdire tout changement mais de ne pas faire n'importe quoi dans n'importe quelles conditions, caser tout un service dans un réduit relève de l'aberration pure et simple, elle demande à Rorty de se mettre à la place de ses employés, on n'entasse pas les êtres humains comme du bétail, on ne dispose pas de leur vie, de leur espace vital comme s'il s'agissait de détails sans importance, certains sont dans la maison depuis dix ans, vingt ans et sentent croître un sentiment d'insécurité, lors de la dernière visite médicale annuelle le médecin du travail a constaté qu'une proportion énorme et croissante de salariés du groupe était sous antidépresseurs, il en a fait un rapport qu'il va remettre à une commission paritaire chargée d'étudier la santé au niveau de la branche, pauvre, pauvre esclave, ton discours de la compassion est compassé, ton espérance de vie avoisine le zéro, l'entreprise de demain sera dure, parfaite et implacable, les faibles, les moches, les gros, les vieux, les lents et les idiots n'auront aucune chance d'y survivre, Rorty est ravi que le médecin du travail s'investisse autant et que les commissions paritaires débattent de sujets aussi passionnants que la santé physique et mentale au travail mais le changement doit s'opérer, c'est une nécessité impérieuse, sans changement il n'y a plus d'entreprise, donc plus d'emploi, si certains de nos collaborateurs tiennent tant à leur tranquillité, pourquoi ne sont-ils pas devenus fonctionnaires, bien qu'il semblerait que la fonction publique découvre peu à peu les vertus de la productivité et de la compétitivité, je ne vous abuserai pas en vous confiant que personnellement, je ne peux que m'en réjouir, quant à vos salariés, qu'ils viennent me voir s'ils le désirent, mon bureau leur est ouvert, nous discuterons personnellement, cordialement et je dissiperai leur crainte, ou l'inverse peut-être, Rorty sourit, ses dents ne sont pas d'un blanc immaculé, décevant, je m'attendais à mieux de sa part, mon dernier détartrage date d'il y a un mois, le nouveau traitement du docteur Olmek est d'une efficacité redoutable, quel plaisir de pouvoir enfin sourire sans crainte, cette femme a vraiment les dents pourries, à sa place je me ferais sauter la cervelle, vite fait, bien fait, je ne me vois pas à cinquante ans, encore moins à soixante, ceci dit, si je continue à faire n'importe quoi, je ne ferai pas de vieux os, je suis peut-être contaminé, condamné à brève échéance mais je l'ignore, je m'en fiche, je n'irai pas faire de test HIV, je ne veux rien savoir, ce soir je vais encore aller au Body-club, deux heures de muscu, une heure de sauna-hammam, après j'irai retrouver Christophe et Gilles au Vit's, l'année dernière j'y avais rencontré le dircom de XLT, s'ils savaient ici comment je recrute les clients, bah, qu'importe les moyens, l'important est de gagner des budgets, donc du fric, telle est la loi, telle est ma loi, gagner plein de fric pour être le plus beau le plus longtemps possible et m'envoyer en l'air avec qui je veux, partir quand j'en ai envie avec ma décapotable, acheter des studios pour les louer à des connards et des salopes que je pourrais éventuellement baiser et pouvoir un jour m'arrêter de travailler pour vivre comme un nabab, entouré d'esclaves aux corps lascifs et vigoureux mais pour cela je dois prendre la place de cet imbécile de Rorty, ou une autre du même genre dans une entreprise du groupe, une chose est sûre, mon avenir passe par le groupe, l'international, je devrais peut-être me rapprocher de Castaglione, en faire une alliée, je pourrais m'immiscer dans son réseau, le hic c'est que je ne la connais pas, je ne sais rien de sa vie, ah, mais si, je sais quelque chose de sa vie, quelque chose qui est plus important que tout à ses yeux, quelque chose qu'elle soigne, héberge, nourrit et amène parfois à l'agence, Jean-Christophe, je crois, c'est le nom de ce bouledogue français qu'elle trimballe en permanence, quelle horrible bestiole, toujours en train de baver, de ronfler et de flatuler, étonnant de la part d'une femme si hautaine, si glaciale, complètement gaga devant cet animal, mais oui, la voilà, la faille, pour me rapprocher d'elle je dois m'adresser à son chien, première étape, je cours à une animalerie m'acheter un bouledogue français, un chiot de trois ou quatre mois, je crois que ça dort plus de douze heures par jour, il suffit de le sortir une fois pour la promenade, la journée, je pourrai toujours le laisser sur la terrasse, il chassera les pigeons, et quand je partirai en vacances ou en déplacement, je le laisserai à une association de garde d'animaux, un bouledogue français, en voilà une idée qu'elle est bonne, grâce à nos animaux nous allons sympathiser, c'est sûr, et quand nous serons les amis les plus intimes elle me livrera peut-être les secrets de son réseau, quelle bonne idée, il fallait la trouver, celle-là, vraiment, qu'est-ce que je suis intelligent, sans vouloir me vanter, la ruse, toujours la ruse, l'une des vertus du chef de guerre selon Clausewitz, la ruse ou l'art de savoir attaquer l'ennemi à l'endroit où il s'y attend le moins, elle a un mâle, je vais m'acheter une femelle, une petite femelle bouledogue qui va m'ouvrir les portes de l'international...

(*7e cercle. Castaglione*)

… patience, mon ange, un jour je serai à toi comme tu seras à moi, en moi, et ce jour-là tu réaliseras avec un effroi glacial qu'il est tard, bien trop tard pour faire marche arrière ou envisager une solution de repli, oh, oui, mon ange, regarde ta sorcière bien-aimée, joue et surjoue ton rôle de mâle dominant, toi, le grand chef de meute, le meneur d'hommes, encore un à qui sa mère n'a dû cesser de dire, mon fils tu es le plus beau, le plus intelligent, tu parles, pour en arriver à jouer des numéros aussi minables, minables, minables, et cette pauvre femme qui se laisse torturer, victime de son incompétence, pas aidée par la nature en plus, elle doit se laisser aller, c'est un tout, pour ne pas être en faute il suffit de bien connaître les règles, pauvre idiote, il est vrai que son esprit est à l'image de son physique, tortueux et discordant, elle m'a fait une de ces sorties, lors de notre dernier petit déjeuner à idées, sur la dérégulation du droit du travail dans les pays en voie de développement, altermondialistes de tous les pays, unissez-vous, heureusement, personne n'a entendu, sûre qu'elle vote à gauche, et cette brute de Stoeffer qui avait renversé son café, la prochaine fois je ne les inviterai pas, je viendrai avec de Vals et Pujol, même s'ils sont totalement incompétents ils savent au moins se tenir en société, après tout c'est moi qui les organise, ces petits déjeuners à idées, ça y est, l'imbécile lui demande des comptes sur les impayés et en profite pour lancer un ultimatum, elle a deux mois pour tout récupérer, sinon il sera obligé de prendre des mesures de rétorsion, décidément, c'est la guerre des nerfs, il veut sa démission, ce type d'attitude me dépasse, humilier l'autre pour asseoir son pouvoir, voilà une perversion typiquement masculine, les hommes sont pathétiques, tout à fait d'accord avec Valérie Solanas et les copines des queer studies pour tous les châtrer dès la naissance, moins de testostérone, plus de sérénité, en voilà une idée qu'elle est bonne, au fait, j'espère que Jean-Christophe n'a pas vomi aujourd'hui, hier il avait renvoyé toutes ses croquettes au poisson, pauvre bébé, je suis sûre que son agression de ce week-end y est pour quelque chose, quand j'ai vu l'autre monstre débouler mon sang s'est glacé, mon pauvre chéri, tu t'es bien battu mais comment aurais-tu voulu vaincre un adversaire dix fois plus gros que toi, ah, je revois son maître l'attraper par le cou et le battre à coups de laisse pendant que mon pauvre Jean-Cri, allongé sur le flanc, hurlait à la mort, quelle horreur, et après le stress de l'attente chez le vétérinaire, s'il n'avait pas survécu j'aurais fait un contrat sur cet abruti de clebs, œil pour œil, dent pour dent, je ne comprends pas que Françoise puisse encaisser sans rien dire, à sa place je partirais en claquant la porte, enfin je ne suis pas à sa place, dans vingt ans peut-être mais pour le moment, pas vraiment, cet imbécile me craint, je le sens, il doit confusément sentir que je le traque, a-t-il remarqué que je l'observais en permanence, prête à pénétrer la faille, a-t-il soupçonné que j'avais vu à quel point je l'excitais, ah, ah, si tu me veux tu vas le payer très cher, je suis une vraie sorcière, je lis les âmes à cœur ouvert et je ne connais pas la compassion, la souffrance des autres m'amuse ou, au mieux, m'indiffère, cette réunion est une merveille du genre, maintenant c'est au tour de cette bécasse de Meyer et de cet ignoble Tissier de se faire cuisiner, toujours le même refrain, non-respect des procédures internes et du comité d'évaluation, ah, ah, j'ai eu une excellente idée ce jour-là, cet abruti de Rorty en était tout émoustillé, des ondes de désir virevoltaient autour de lui, pauvre, pauvre bébé, les femmes intelligentes l'excitent et l'effraient tout à la fois, ô mon beau mâle qui recommence à rugir, puisqu'on ne peut pas récupérer l'argent à l'extérieur on va le faire à l'intérieur, primo, les notes de frais, les dernières étaient exorbitantes, certains collaborateurs se croient en croisière, désormais toute note de frais devra être signée et validée par lui-même, et les fournitures, hein, Françoise, les fournitures, on va nommer un préposé aux fournitures, en plus de son travail pour lequel il est payé il veillera à ce que chaque collaborateur ne commande du papier, des stylos ou des chemises qu'en cas de nécessité absolue, et les téléphones, surveiller systématiquement la fréquence et la durée des appels, convoquer le collaborateur dès qu'il dépasse un certain seuil et exiger des explications, s'il ment, nous avons la possibilité de vérifier la destination de chaque appel, oh, mon beau mâle dominant, avec toi la vie est aussi belle qu'un cours d'éthologie, mon beau babouin qui se frappe le poitrail et pousse des cris stridents dans le seul but d'effrayer ses congénères, le Christ nous l'a appris, la testostérone est le plus court chemin vers le martyre, la vie est un songe plein de bruit et de fureur raconté par un idiot, au fait, pourquoi dit-on un idiot, pas une idiote, parce que seuls les hommes écrivent l'histoire, bien sûr, à défaut de savoir vivre la leur, les hommes sont dehors, toujours dehors, ils ne cessent de gesticuler, de s'exhiber, de parader, de se donner l'illusion d'être grands, beaux, forts, protecteurs alors qu'ils ne cessent de mimer la même scène affligeante, que peut-on attendre de créatures aussi stupides, gluantes et vaniteuses, à part l'intense volupté de les voir souffrir, j'aime que les hommes m'aiment, j'aime qu'ils m'aiment au point de se perdre et de perdre toute contenance, toute dignité humaine, pauvre Jean-Baptiste, tu étais si beau, si aimant, si consternant de bêtise, combien de temps t'ai-je supporté déjà, trois semaines, un mois, j'entends encore ton discours thermoformé, tu comprends, nous les comédiens, les artistes, l'exception culturelle française, la défense des droits les plus fondamentaux à s'exprimer, quoi de plus vil, de plus fat, de plus stupide qu'un artiste qui se prend pour un artiste, surtout quand il ignore qu'il doit ses précieux émoluments à un régime de solidarité dont il ne cesse de mépriser haut et fort les fondements, les chômeurs, au moins, ne la ramènent pas, ô Rorty, mon beau mâle dominant, tu n'es ni intermittent ni chômeur, toi au moins, tu es un homme qui assure, un vrai, Rorty chéri, si je t'attrape gare à toi, je saurai te transporter au septième ciel pour te faire tomber plus bas que terre, tiens, il m'a encore regardée avec une fausse indifférence, s'il savait tout ce que je sais de lui, s'il savait que chacun de ses regards, chacune de ses intonations trahissent ses peurs les plus secrètes comme ses désirs les plus profonds, tu es aussi transparent et sans mystère qu'un lapin en cage, un poisson dans un bocal, une bactérie sous le feu aveuglant d'un microscope électronique, je cherche l'homme qui saura me soumettre et je sais que ce ne sera pas toi, au fond tu es minable, aussi minable que tous les minables que j'ai rencontrés et que je rencontrerai, tous les hommes sont des minables, ils vous reniflent, ils vous suivent, ils vous comblent de louanges et de cadeaux mais au fond une seule chose les intéresse, cracher leur semence infecte pour se perdre en vous, cette vile mascarade est si répugnante, ô joie, Rorty s'en prend à cet ignoble play-boy de Pujol, il lui demande de s'expliquer au sujet de la campagne d'État pour la prévention des accidents du travail comment se fait-il que nous ayons perdu la compétition alors que nous étions si près du but, les documents finalisés avaient fait l'unanimité chez le client, le dircom avait publiquement remercié l'agence du travail fourni et promis de rappeler dans la semaine après avoir vu son directeur pour simple validation et là, plus rien pendant des semaines et des semaines et nous apprenons par la presse qu'une agence concurrente a gagné le budget, je ne comprends pas que l'on puisse laisser s'échapper plus de quatre cent mille euros, gagner cette campagne c'était une opportunité financière formidable, sans compter les retombées en terme d'image, je suis extrêmement surpris et déçu, ah, ah, la tête de cet âne de Pujol, il fait moins le paon aujourd'hui, quelques minuscules gouttes de sueur perlent sur son front, aurait-il peur de ne pas arriver au terme de sa période d'essai, vu son train de vie ce serait dommage pour lui, ah, ah, je ris de le voir ainsi, en difficulté, je n'ai jamais aimé son arrogance de bellâtre, sa façon de reluquer les jeunes assistantes, l'homme de quarante ans dans toute sa splendeur, dans mon groupe les filles l'adorent, elles le trouvent plutôt glamour, là il me ferait plutôt penser à un poisson, un merlan aux yeux ronds et inexpressifs, comment va-t-il s'en sortir, il ne va quand même pas se mettre à pleurer comme cette grosse truie de Brémont, allez Pujol, encore un effort pour retrouver ta superbe, Pujol, pu-jol, deux pathétiques syllabes qui résonnent comme un crachat dans une tombe, transparence des morts, le stade du miroir ou l'apprentissage du scopique, l'envers et l'endroit des organes, je suis beau, maman, regardez comme je suis beau, le monde est ma maman, je n'aurais jamais dû coucher avec mon psychanalyste, militants de la cause freudienne, venez à moi, j'ai commis l'irréparable, je ne sais rien faire d'autre que commettre l'irréparable, je suis malade, c'est incurable, j'en connais en détail l'origine et chaque symptôme, je suis malade et rendre l'autre malade me fait un bien infini, jouissance de le voir à terre, comme une larve grotesque, joie de le savoir blessé à mort, je suis la Gorgone, me regarder en face pétrifie, pourquoi subir quand on peut faire payer aux autres, aux hommes, ce que l'on a soi-même subi, pendant longtemps je n'ai pensé qu'à mourir, jamais réussi à me supprimer, éther, défenestrations, médocs à volonté, tous les moyens étaient bons mais je revenais toujours, souvenirs de lumières éblouissantes, voix multiples et discordantes, paysages psychédéliques, morts lumineux, couloirs marmoréens, tête horrifiée de maman à l'hôpital, retour à l'affligeant Pujol, il ne s'en sort pas si mal, je suis déçue, il ne bafouille pas, ne rougit pas, renvoie la responsabilité au directeur de cabinet du ministère qui a subitement changé d'équipe de communication, à ses chefs de projet qui ne l'ont pas prévenu à temps des changements susceptibles de remettre en cause la validité des accords entérinés, à la standardiste qui a loupé des appels, bref, tout le monde est coupable sauf lui, le beau Pujol, quel talent dans le déni, quel brio dans l'esbroufe, et voilà qu'il passe à un autre sujet, tous les prospects qu'il va remporter, son beau-frère ou je ne sais qui directeur marketing du groupe Vitalia, ils sont mécontents de leur agence actuelle, il lui aurait vendu nos prestations, son beau-frère s'en serait fendu au dircom ainsi qu'au DRH, le tout serait d'attendre le moment opportun pour transformer l'essai, Rorty continue à bouillir mais Pujol le noie sous un flot de promesses, de prospects et de k€ tout en s'engageant à sanctionner le maillon faible de ses équipes, Rorty se détend soudainement, cet argument semble l'emporter, il passe au suivant, Tissier attend la réponse d'une ONG spécialisée dans le commerce équitable, la réponse est imminente, ses indicateurs sont optimistes, un budget certes modeste mais une superbe opportunité pour le capital image de l'entreprise, quant au dossier Symphonium, que nous avions évoqué la fois dernière, il est en train de redresser la barre, à cause de la gestion catastrophique et du laisser-aller de ses prédécesseurs Sebbag et Blanchet nous avons failli perdre le budget, ce Tissier a un ton si docte, si professoral, j'y croirais presque mais je le soupçonne d'être un menteur hors pair, quelque chose dans son visage, peut-être le contraste entre ses traits atones d'éléphanteau et ses yeux simiesques trahit une propension à la dissimulation et au mensonge, accuser des personnes qui ne sont plus dans l'entreprise, non c'est trop gros, il fallait y penser, comment peut-il être aussi minable, et Rorty qui gobe tout, Rorty, ô mon petit dieu des marges brutes, mon héros compresseur d'effectifs, tu as beau mimer l'indifférence je sais à quoi tu penses et tu ne penses qu'à ça, je le sais, un jour, peut-être, si tu es sage, et aussitôt après je te cocufie avec Pujol, mon Dieu, quelle rigolade, pourvu que Jean-Christophe ne vomisse pas, peut-être a-t-il un problème à l'estomac, peut-être l'autre brute lui a-t-il perforé la rate ou le pancréas, pauvre petit, il est si mignon quand il dort sur le canapé, avec sa petite lanlangue qui sort de sa petite têtête de diablotin, dans ces moments-là j'ai tellement envie de l'embrasser, de le câliner comme un adorable bébé d'amour, pourvu qu'il n'ait pas de séquelles de ses blessures, je devrais acheter des sifflets à ultrason, la seule solution pour arrêter les chiens enragés, pour ne plus avoir à supporter un tel déchaînement de violence brute, les mâles dominants sont avides de sang et de guerre, je connais la solution pour les rendre aussi pacifiques que des agneaux, quelques grammes à enlever et le monde est plus beau, plus doux, quelques petits grammes de moins, en voilà une grande idée, Rorty continue son tour de table et interpelle Roussel sur la réorganisation de la création, Roussel répond que la réorganisation est en cours, les vieilles équipes sont sur le départ, parallèlement de nouveaux teams ont été engagés, le parc informatique rénové, la capacité de stockage améliorée, l'archivage et la numérisation de tous les dossiers facilités, pas plus tard que vendredi dernier une réunion d'information s'est tenue, les salariés ont été avisés des nouvelles règles de fonctionnement de l'entreprise et invités à négocier leur départ s'ils ne voulaient pas les respecter, chez les producteurs sons il y a déjà eu deux démissions et une transaction, bientôt il ne restera que Benoît, il nous coûte deux mille cinq cents euros et abat une charge de travail phénoménale, à ce prix-là on peut le garder, il nous faut tout de même un permanent pour assurer le quotidien, Rorty approuve, ce Roussel est d'un ennuyeux, à peine arrivé et déjà si terne, en plus il joue les ironiques, les distants, je ne suis pas d'ici, je ne fais que passer mais vous m'avez bien amusé, je déteste par-dessus tout les cyniques, minables plus que minables, ils feignent de revendiquer une condition qu'ils n'ont pas choisie parce qu'au fond ils refusent de l'assumer, comme ces laids qui s'enlaidissent intentionnellement pour montrer à quel point ils méprisent leur apparence physique, et cet ahuri d'Alighieri, que fixe-t-il avec autant d'intensité, le ciel peut-être, non mais je rêve, lorsque Rorty l'interroge, il daigne à peine lui répondre et ne cesse de fixer je ne sais quoi, mon Dieu, qu'il est drôle, c'est à croire qu'il est complètement shooté, à moins qu'il ne rêve les yeux ouverts, drôle de garçon, cet Alighieri, ex-khâgneux, ex-séminariste, ex-critique d'art, aussi insaisissable que dandy, Rorty relance à nouveau Tissier, lequel lui répond avec sa morgue coutumière, quelle horreur, ce type, je plains sa femme, il paraît qu'il est en train de divorcer, ce n'est que justice, j'espère qu'il va être obligé de payer une grosse pension alimentaire, moi aussi je devrais commencer à y penser, me marier, fonder une famille, il n'est que temps, mais pour cela je dois trouver l'homme, mais non, suis-je bête, l'homme je l'ai trouvé, il me suffit juste d'attendre le bon moment pour que s'écrive une histoire commune, après Tissier ça va être mon tour, j'ai trente secondes pour trouver le thème de mon prochain petit déjeuner à idées…

(*8e cercle. Rorty*)

… 12 h 44, encore un point à traiter, après je déjeune avec Fischer, il va encore me cuisiner sur le prévisionnel de l'année, j'en ai déjà mal au ventre, saloperies d'intestins, toujours à me lâcher au mauvais moment, vite, penser à autre chose pour ne pas avoir à filer d'urgence aux toilettes, ELLE nous présente la thématique de ses prochains déjeuners à idées, le marketing éthique, ELLE a raison, c'est un très très bon concept, ondulation imperceptible de la tête, port altier, front puissant, bouche enivrante, voix envoûtante, si ELLE savait à quel point je la veux, ELLE n'a que de bonnes, très très bonnes idées, moi aussi je n'ai que de bonnes, très très bonnes idées, nous étions faits pour nous rencontrer, je les ai encore bluffés sur Nietzsche, épatants ces sites philobacs sur Internet, un jour il faudra que je le lise dans le texte, un jour, si j'ai le temps, il y a tellement de mots, de livres, de concepts à retenir, autant aller tout de suite à l'essentiel, parmi les tendances émergentes du marketing, la prise en compte des conditions de production par les consommateurs eux-mêmes, voix douce et grave, cou de biche, yeux de braise, ne pas la regarder, faire semblant de l'ignorer, jouer les indifférents, les cyniques, ELLE ne doit pas se douter une seule seconde que je la désire, après je déjeune avec Fischer, je connais déjà la chanson, chantage, menaces et Cie, si tu ne gagnes pas deux gros budgets d'ici la fin de l'année, nous devrons revoir les termes de notre collaboration, nous t'avons fixé des objectifs, il te reste un semestre pour les atteindre, ou, mieux, les dépasser, pour le moment tu en es encore loin, il n'est que temps de passer à la vitesse supérieure, aïe, mes intestins, je lui sortirai alors le bon vieux coup du dégraissage, l'arme suprême du financier aux abois, le joker absolu, alléger la masse salariale, lâcher du lest pour compenser la morosité du marché et retrouver une bonne marge opérationnelle, oh, rien de bien méchant, trente pour cent des effectifs d'ici la fin de l'année, à raison de huit ou neuf licenciements par mois pendant six mois pour éviter le plan de sauvegarde de l'emploi, ni vu ni connu, ah, en voilà une idée qu'elle est bonne, de quoi tranquilliser mes pauvres intestins, relax, man, tout va bien, je suis le nettoyeur aux mains propres, l'ange exterminateur aux ailes immaculées, le serial-killer au regard d'azur, bon, par qui je commencerais ici, la Meyer, non, trop d'ancienneté, elle tient bien ses clients, ce serait le pompon de les perdre, Pujol, ce crétin de Pujol, en voilà une bonne idée, toujours en période d'essai, vu ce qu'il nous ramène, pas de quartier pour Pujol et son faciès d'huître noctambule, la Brémont aussi, physique peu reluisant, laisser-aller, manque de confiance, allez hop, à dégager, et Tissier, notre Tissier national, si pédant, si ennuyeux, si peu séduisant, lui ce serait bête de m'en séparer, je me sens tellement beau, fort, intelligent à ses côtés, quant à l'autre alcoolique de Stoeffer c'est une autre paire de manches, il me fixe encore avec un drôle d'air, qu'est-ce qu'il a à me reluquer comme ça, il me déteste, lui au moins c'est clair, net et sans bavures, j'aurais dû le dégager depuis des lustres mais quelque chose m'en a toujours empêché, la peur, peut-être, oui, la peur, une vraie brute épaisse, Stoeffer, je le crois capable de tout, surtout du pire, de Vals m'agace mais il fait du chiffre, fin stratège, commercial superbement agressif, une belle machine de guerre, la preuve qu'il existe des salariés performants, compétitifs, normaux, quoi, à part ELLE, bien sûr, enfin ELLE, c'est encore autre chose, mieux qu'une salariée, ma future maîtresse potentielle, non, ma future maîtresse tout court, l'attaquer sur tous les fronts, par surprise de préférence, quoi de mieux qu'une blitzkrieg bien menée pour conquérir de nouveaux continents, Cortès, Colomb et Magellan n'ont qu'à bien se tenir, la semaine prochaine c'est le grand prix de la communication corporate, après quelques coupes la raccompagner chez ELLE, allez, trêve de digression, restons dans l'instant présent et continuons ce misérable tour de table, cette vieille bique de Clément-Dourville, quelle tristesse, quelle vision ignoble de l'entreprise elle véhicule, si je n'arrive pas à la faire démissionner, passer à la vitesse supérieure, Roussel, no sé, attendons qu'il ait fini la première partie de sa période d'essai, il sera toujours temps de la renouveler, quant à cet ahuri d'Alighieri, s'il savait que ses jours sont comptés dans l'entreprise, il cesserait peut-être de faire le mariole et de se foutre de ma gueule, complètement à côté de la plaque, Alighieri, sans compter sa prétention intellectuelle, l'autre jour il a osé me contredire en public, pour qui se prend-il, cet abruti, saloperie d'intellobobo, tout ça parce qu'il a une thèse de philo et publié dans je ne sais quelle obscure revue littéraire d'avant-garde, moi aussi j'écris des livres, pauvre minable, sous-merde, je vais t'écraser comme une misérable punaise, d'ici quinze jours je vais te faire dégager à coups d'entretiens préalables et de lettres recommandées, odieuse masse salariale, à cause de vous je vais encore me faire harceler par Fischer, ah, le capital vert, le respect de l'environnement, la responsabilité des entreprises envers leurs salariés, l'engagement des marques pour rendre le monde plus beau, plus juste, plus vivable, critères essentiels de désirabilité vis-à-vis des consommateurs, si ELLE savait à quel point tout cela m'indiffère mais combien je la veux, ELLE, je la vois nue, lascive et cruelle, et je me dissous en cette image trop exactement parfaite, Jean-François Rorty, chef d'entreprise, marié, deux enfants, une nouvelle maîtresse, qu'importe, si les apparences sont sauves, Audrey n'en saura rien, quoi de plus naturel que de tromper sa femme quand on est un dirigeant croulant sous les responsabilités, je la vois d'ici, mon pauvre chéri, toutes ces réunions qui se terminent très tard et tous ces weekends de travail, le mensonge, propre de l'homme, seuls les animaux et les minables ne mentent jamais, Audrey, ma belle Audrey de Ribancourt, notre mariage fut une sublime réussite mais notre couple un esquif à la dérive, Audrey, belle Audrey, tu es si belle, si parfaite, si comme il faut que je ne t'ai jamais aimée, couple-vitrine, couple-alibi, au quotidien aussi beau qu'une page de pub dans un magazine de mode international, Audrey, belle Audrey, toi non plus tu ne m'aimes pas, tu ne m'as jamais aimé et je m'en fiche éperdument, si tu crois que je ne t'ai pas vue venir avec tes stages d'imposition des mains en Ardèche à quatre mille euros la semaine, stages d'imposition des mains, je vois ça d'ici, partouzes champêtres, orgies rituelles, ébats dionysiaques au clair de lune, le tout orchestré par un de ces gourous bio dont les montagnes françaises sont truffées, cette idiote a un amant, j'en suis sûr, elle me trompe avec un gourou bio, voilà qui expliquerait ses dernières bizarreries, ses propos sibyllins, son regard à la fois absent et langoureux, sa passion soudaine pour le yoga et les cartes de tarot, son régime à base de racines, d'algues et de tofu, quel délice cette femme, si ELLE savait à quel point je la désire, de Vals intervient, il abonde dans le sens de Sophie et voudrait juste évoquer un sujet porteur, la psychanalyse des marques, plutôt beau gosse, ce de Vals, visage carré, teint hâlé percé d'yeux noirs intenses, corps athlétique, look de jeune premier, la psychanalyse des marques, oui, bonne idée, peut-être la seule utilité réelle de cette invention stupide, libido, refoulement, complexe de castration, stade du miroir, quelles charlataneries, bien joué ce pamphlet contre la psychanalyse, gloire aux sciences cognitives, gloire aux certitudes empiriques, qu'est-ce que l'être humain à part un vulgaire assemblage d'atomes, de molécules et de courants électrochimiques, certains fonctionnent mieux que d'autres, that's all, où est le mystère là-dedans, après la sortie de mon livre je devrais commencer à plancher sur le sujet, en sortir un deuxième avec un titre à l'épate du type *L'Ultime Mystère* ou *Aux confins du mystère*, et le mystère, justement, c'est qu'il n'y a pas de mystère, avec sciences cognitives et thérapies comportementales à l'appui, un antimanuel de psychanalyse en quelque sorte, où je m'attaquerais aussi à toutes les conneries mystiques et ésotériques de tous les temps, druidisme, chamanisme, taoïsme, soufisme, animisme, je vois d'ici le carton, aller sur tous les plateaux de télévision, la séduire encore plus, ELLE doit absolument devenir folle de moi, ELLE est si belle, si étrange, seul hic, son abruti de clébard, il va falloir que je me le coltine lui aussi, oh, un accident de fenêtre est si vite arrivé du sixième étage d'un appartement, non, je plaisante, tant qu'ELLE ne dort pas avec, saloperie d'allergie aux acariens, tout cette vie invisible et moléculaire me révulse à un point, ah oui, penser à dire à Audrey de faire venir la femme de ménage deux fois par jour, il y avait une peluche sous le canapé du salon, ces cochonneries de poussière me fichent toujours une trouille bleue, surtout depuis que j'ai lu cet article sur les polluants retrouvés dans le sang de plusieurs députés britanniques ou européens, je ne sais plus, danger de mort des matériaux, danger de mort des animaux, dire que j'ai jamais pu aller sous les tropiques, peur de me faire piquer par toutes ces saloperies de bestioles, le mois dernier, impossible de rejoindre Bart dans sa villa du Yucatán à cause d'une crise d'angoisse, obligé de rebrousser chemin à l'aéroport en prétextant une sciatique, visions d'horreur de serpents, d'araignées qui me rentraient par la bouche, le nez, les oreilles, sueurs froides, intestins en feu, peur panique de gober des bactéries mortelles dès ma sortie d'avion, pourvu que personne ne vienne jamais à l'apprendre, je vois d'ici le sourire narquois des salariés, des concurrents, de l'international, des actionnaires et les encadrés assassins dans la presse professionnelle, la vérité révélée sur la phobie de Jean-François Rorty, président de l'agence KLF, il n'a jamais mis les pieds sous les tropiques parce que la peur des serpents et des araignées lui donne la colique, ça y est, je repense encore à Fischer, quelle horreur, ses yeux m'effraient, son autorité implacable me tétanise, je voudrais tant satisfaire chacune de ses demandes mais il place la barre trop haut, beaucoup trop haut, mon Dieu, comment peut-il être aussi fort et moi aussi faible, qu'il se montre intraitable et menaçant et je me disloque, m'éparpille en mille morceaux, agonisant de douleurs et d'envies suicidaires, qu'il me félicite je ne me sens plus toucher terre, des vibrations de reconnaissance me parcourent, je le trouve immensément beau, j'ai presque envie de me jeter à son cou et de l'embrasser, je suis divinement confus, aussi stupidement joyeux que la fillette à qui la maîtresse vient de remettre un bon point, ELLE va bientôt finir son exposé, ce sera à moi d'ici quelques minutes, Stoeffer se lisse la moustache et sa barbe mal rasée en grimaçant, il me dégoûte, ce type est un sac de haine sale, Alighieri, en pleine méditation transcendantale, attention, il va bientôt léviter, pas de problème, Alighieri, je vais t'aider à redescendre, Pujol regarde ses chaussures, Tissier, toujours aussi pitoyable, se cure le nez, Brémont regarde Tissier se curer le nez, odieuse masse salariale, quel spectacle minable, et ELLE au milieu, et Fischer qui m'attend au tournant, oh, son regard inflexible et ses rides implacables quand il me demande les comptes du mois, mon seul salut, m'aplatir, tomber plus bas, toujours plus bas, perdre toute dignité humaine, devenir aussi vil qu'un lombric, une larve, un cancrelat, patauger dans une mare de déjections boursières et me nourrir d'excréments à taux variables, ELLE va bientôt finir son laïus, je vais bientôt voir Fischer, pourvu qu'ELLE n'ait pas choisi de déjeuner au même restaurant que nous ce midi, pourvu qu'elle ne me voie pas avec lui, ou, pire encore, que Fischer lui propose de venir déjeuner avec nous, Fischer la séduirait, le cauchemar absolu, stop, arrêter de penser à Fischer, me donner le courage du détachement, je suis coincé, je ne peux plus reculer, je suis fait comme un rat, coincé entre la beauté de cette femme au regard d'infini et l'horreur de Fischer, au secours, mon amie de toujours, viens à ma rescousse et dis-moi que tout cela n'est pas si grave, que tout finira bien par s'arranger, futur irréfutable, compagne de tous les instants, ça y est, je sens ta caresse blanche et glaciale, la mort est un manque de savoir-vivre, Pierre Dac, heureusement que tu es là, toi seule me comprends, toi seule connais la vraie valeur des choses, vanité des vanités, tout est vanité, l'Ecclésiaste, cette fois, ça y est, je suis mort, à moi le Royaume des ténèbres, couloirs sombres et lumineux, appels dans le noir, confusion des sentiments, solitude poreuse des espaces sans dimensions, au secours, je ne vois plus rien, sauf l'horreur de Fischer, les intestins, encore et toujours ces foutus intestins, saloperie de corps, tas de chair avariée, pourriture parmi les pourritures, je ne vais pas couper à un aller-retour illico presto dans les toilettes, saloperies d'organes, machines à merde, réservoirs à fiente et à bactéries, vive le futur, vive la prophylaxie, la prothétique et les matériaux intelligents, tiens, en voilà une idée de livre, *L'Adieu au corps en beauté*, écrire *L'Adieu au corps*, zut, cela a déjà été écrit par je ne sais plus quel anthropologue, qu'importe, exalter la splendeur des mondes futurs et devenir le Aldous Huxley des années 2000, *Le Meilleur des mondes* est à notre portée, je me charge de le décrire, je suis un grand visionnaire, ELLE me regarde, ELLE a bientôt fini son exposé, ELLE est tout ce que j'attends de la vie, de la mort et du reste, ne pas oublier d'aborder le point solarium, et après déjeuner avec Fischer, non, je ne suis pas un visionnaire, juste un dirigeant d'entreprise colopathe et fait comme un rat, oh, cet Alighieri, toujours aussi halluciné, je le hais, je ne sais pas pourquoi je le hais autant mais s'il ne tenait qu'à moi, je l'éliminerais sur-le-champ, et Audrey qui ne cesse d'inviter ses nouveaux amis rencontrés en Ardèche, quelle engeance misérable, comédiens, plasticiens, ethnologues, éducateurs, metteurs en scène, écrivains, avec leurs faux airs décontracts, bien dans mon corps astral, bien dans ma vie cosmique, hier soir ils étaient encore là, à se prélasser sur mes canapés à dix mille euros, dès le premier regard j'ai senti leur mépris, la haine du winner plein aux as, du financier, saloperies d'artistes, vile populace d'intellos gauchisants, de travailleurs sociaux et de connards associatifs politiquement corrects, pour qui se prennent-ils ces minables, le fric, seule valeur tangible, seule variable objectivable sur tous les marchés, même celui de l'art, le marché de l'art, quelle ironie, la preuve que leur monde n'a rien d'une bulle enchantée, à l'abri des lois de l'offre et de la demande, je hais les artistes, ces caniches bricolos, ces créateurs de vent, la dernière FIAC était pathétique, quelle honte, toutes ces merdes érigées en chefs-d'œuvre, il n'y a pas plus d'esthétique dans ce concours de nullités que dans une poubelle ou un rouleau de papier chiotte, tiens, en voilà une bonne idée, je vais exposer une poubelle et dire que c'est une œuvre d'art, ELLE est si envoûtante, dans cinq minutes, Fischer, le prévisionnel, mes intestins, odieuse masse salariale, odieux marché, être un artiste riche, célèbre et adulé, pas un chef d'entreprise sous pression…

(*9ᵉ cercle. Clément-Dourville*)

… courant glaciaire non identifié entre nombril et plexus, tempête de détritus, ne plus rien dire, m'effondrer, l'ambulance, la route, les arbres, les cathéters, comme Hubert, repos éternel, fermer les yeux et ne plus rien voir, sauf l'abject visage de l'innommable qui me ronge le plexus, les vagues, toujours ces vagues glaciales, mouvement de l'horreur immobile et tournoyante, pourquoi le monde est-il donc si dur, pourquoi ce froid, disparaître, disparaître, m'endormir à jamais pour me transformer en autre chose, chien, arbre ou mur de granit, n'importe quoi sauf ce corps où je ne cesse de chuter, des vagues glaciales irradient mon plexus, des yeux sans âme me dévisagent, essayer de me raccrocher à ma vie, quelle vie, papa n'a plus sa tête, l'autre jour, il me prenait pour Jean-Claude, quelle tristesse, un homme qui avait toujours été notre pilier, notre guide, Hubert va bientôt partir, Delphine ne veut plus nous voir, Rorty m'agresse et je ne sais plus quoi lui répondre, moi la vieille, si vieille tout à coup, moi la laide, la toute souffreteuse, j'ai encore perdu du poids, mes dents se déchaussent, mes rides se creusent, je ne trouve pas plus d'humanité dans le regard de ces hommes assoiffés de profit que dans une machinerie d'ascenseur, monde du travail, mon seul divertissement, mon ultime refuge désormais assiégé, pris d'assaut par le diktat des impératifs financiers à court terme, le petit coin de réalité que j'avais mis des années à construire se fissure, rien ne pourra empêcher sa destruction, j'ai tout donné pour mon travail mais il ne veut plus de moi, je vais me retrouver seule face à moi-même, face à la mort d'Hubert, face à la déchéance de papa et à ma solitude, toujours ce vent glacial à l'intérieur, et le sol qui se dérobe, et ces visages mutiques, fantomatiques, inhumains, mes tranquillisants sont impuissants à conjurer l'horreur qui est là à tout moment, jour et nuit, sans répit, cette nuit j'ai encore fait des cauchemars, toujours les mêmes, cette horrible maison, il y a Hubert, quelques salariés de l'entreprise, ils sont là, statiques et vaporeux, je leur parle mais personne ne répond, et subitement je sais, je sais qu'ils sont morts, je sais que cette maison est une maison de mort et qu'il n'y a plus rien, ni joie, ni rêve, ni espoir, à part ces cauchemars impossible de fermer l'œil, mes nuits sont immondes et le jour plus immonde encore, ces hommes sont vivants mais leur regard est mort, aussi mort que ces fantômes hantés par le vide soudain de leur disparition terrestre, m'effondrer, l'ambulance, la route, les arbres, les cathéters, comme Hubert, repos éternel, fermer les yeux et ne plus rien voir, sauf les vagues, toujours ces vagues glaciales, Hubert va bientôt partir, hospitalisé pour la quatrième fois, après un triple pontage le cœur a encore lâché, le pronostic des médecins était formel, et, Delphine, elle n'a même pas appelé pour demander des nouvelles de son père, que nous reproche-t-elle au juste, je n'ai jamais compris, jamais saisi ce qui se tramait dans cette tête-là, que dit-elle de nous à son fiancé, à ses amis, quelle horreur est-elle capable d'inventer pour justifier ce mutisme, mon Dieu, comment a-t-on pu engendrer un être aussi froid, indifférent et rancunier, comment a-t-on pu la laisser s'éloigner à ce point, et la famille, quelle famille, Hubert va bientôt partir, fermer les yeux et ne plus rien voir, sauf l'abject visage de l'innommable qui me ronge le plexus, les vagues, toujours les vagues, mouvement de l'horreur immobile et tournoyante, pétrification de la chair, de l'esprit et du reste, certitude que tout est au plus mal mais que tout pourrait aller plus mal encore, que le pire est à venir, que chaque seconde est la promesse d'une souffrance plus grande encore, que j'aurais beau être morcelée, disloquée, terrassée, anéantie par l'horreur, sa réalité n'en serait que plus certaine, lutter, lutter pour ne pas sombrer, contempler le ciel, beau ciel, magnifiques nuages blancs, vision sereine de leur déambulation, Alighieri contemple le ciel, Alighieri contemple les magnifiques nuages blancs, Alighieri, peut-être le seul vivant de cette réunion, pourrait-il me redonner de l'espoir, de l'espoir, mot absurde, sens lointain, essayer malgré tout de m'accrocher, m'accrocher à lui comme à une corde, contempler le ciel comme il le contemple et me lover dans son bonheur, son bonheur, leurre, illusion, décor de carton-pâte, apparences qui succèdent à d'autres apparences, la corde casse, nous ne vivons pas sous le même ciel, cette lumière m'agresse, ce bleu m'oppresse, Hubert va bientôt partir, je vais quitter cette société que j'avais mis tant d'années à construire, vision de cloportes écrasés à côté d'un mégot, il pleut des cendres, le mégot a disparu, tout est carbonisé, rien ne pourra m'empêcher de me perdre, m'enfoncer à jamais dans le silence éternel de cette fumée glaciale, repos éternel, fermer les yeux et ne plus rien voir, les vagues, vagues mortelles, prison de glace, pourriture immobile, putréfaction au ralenti, pourquoi ce monde, pourquoi ce froid, disparaître, disparaître loin, très loin, m'endormir, m'endormir à jamais pour me transformer en autre chose, en n'importe quoi, table, stylo, prise électrique, filtre de climatisation, machine à café, rayonnement électromagnétique, les arbres, dehors, ils balancent leurs premières feuilles, les arbres, dehors, si rassurants et pourtant si irréels, me perdre en eux, quitter ce corps où je ne cesse de chuter, lapin, je vois un petit lapin, il est malade, il pleure, misère du petit lapin, misère de l'être humain, cadavre en préparation que mine son irréfutable devenir, ils sont là, tout autour, partout, ils nous appellent dans leur réalité grouillante et cellulaire, Hubert va bientôt partir, au secours, à moi, vite, une bouée, le travail est ma bouée, bouée qui coule, travail englouti, déménagement, réunion, Rorty, immonde Rorty, aussi immonde que les morts de mes cauchemars, ce monde minéral et gris où tout espoir est banni, je vis dans une zone d'exil et je ne vois aucune issue à l'horizon, que faire, où aller quand la mort est égale à la vie, quand on est trop fatigué, trop las pour préférer quelque chose à quoi que soit, êtres humains, amour de la vie, équation désuète, j'aimais Hubert, j'aimais papa, j'aimais mon métier, ce déménagement est un supplice de plus, l'hallali final, croyante j'y verrais peut-être une chance, une épreuve envoyée par le Tout-Puissant pour m'aider à atteindre la grâce, rejoindre un au-delà auquel je n'ai jamais cru, je suis désespérément athée et profondément désespérée, l'espérance de vie augmenterait de plus d'un trimestre par an, c'est une donnée irréfutable, malgré la pollution des nappes phréatiques, le dérèglement climatique, l'augmentation des cancers et l'inéluctable progression des maladies professionnelles, l'espérance de vie augmenterait de plus d'un trimestre par an, face souriante des scientifiques interviewés au journal télévisé, face souriante du présentateur, horreur de ces dents découvertes, non-sens abrupt de cette causalité, il est heureux, ça sourit, non-sens abrupt des arrière-plans physiologiques, moléculaires ou que sais-je encore, qui rendent possible cet état, Hubert va bientôt partir, mon père n'a plus sa tête et je vais bientôt me faire jeter comme une vieille serpillière, moi la parfaite, moi la travailleuse, qui s'est toujours donnée sans compter pour cette entreprise, qui n'a jamais été avare de son énergie et de ses heures de travail pour défendre au mieux ses intérêts, le plan de ce Rorty est on ne peut plus clair, il veut faire du département juridique un vivier de jeunes loups travaillant quatorze heures par jour, il va licencier tout mon personnel, m'utiliser pour sa réorganisation et me jeter pour engager un cost-killer, un vrai, ma gestion humaniste du personnel l'amuse, cet homme me méprise, cet homme me regarde comme un serpent regarde un lapin, lapin, petit lapin, il m'observe à nouveau, œil torve de brute assoiffée de sang, il continue à réciter je ne sais quelle théorie du management, il a l'air très content de lui, ses yeux brillent, un sourire s'esquisse sur ses lèvres sans âme, il cite à nouveau Friedrich Nietzsche, le philosophe préféré d'Hitler, retrouver notre instinct de prédateur brimé par des siècles de morale judéo-chrétienne, conquérir tous les marchés, quitte à rendre son adversaire exsangue, ne pas se contenter d'être bons mais être les meilleurs et tant pis pour ceux qui ne veulent pas tenter l'aventure, la sélection naturelle fera le reste, soyons des aigles, pas des agneaux, l'entreprise, cimetière de toutes les espérances, carrés gris de polyuréthane où s'abîment les douloureuses pensées des cadres surmenés, moquettes vibrant des pas incertains des objectifs non atteints, couloirs transparents, open spaces, miroirs des âmes démantibulées, déchiquetées par les pressions extrêmes des impératifs financiers à court terme, stress, chantage, harcèlement moral, accidents vasculaires, troubles musculo-squelettiques, invalidité partielle ou totale avec prise en charge à cent pour cent, sous-traitance dans les pays en voie de développement, où travaillent et se prostituent les enfants, moi qui ai toujours veillé à ce que chaque salarié soit traité avec respect et considération je ne comprends pas, je ne comprends plus, je ne comprends rien parce que je ne suis rien, rien d'autre qu'un sac de douleur, l'horreur est partout et la paix nulle part, vision de bébés koalas irradiés sous un ciel vert, fin du règne animal, agonie du végétal, l'humanité n'a jamais existé, seul survit le minéral, rien ne pourra m'empêcher de me perdre, m'enfoncer à jamais dans le silence éternel d'un bloc de granit, toujours ces réminiscences de cauchemars, cette horrible maison, Hubert, les salariés de l'entreprise, il y a Rorty au milieu, Richard Stoeffer et Sophie Castaglione le regardent, ils me font tous face, je leur parle et ils m'ignorent et là je sais, je sais qu'ils sont morts, je sais que cette maison est une maison de mort et qu'il n'y a plus rien, ni joie, ni rêve, ni espoir, à part ces cauchemars impossible de fermer l'œil, les forces de la mort grignotent la vie, ma vie sans lui, ma vie sans eux, ma vie sans vie, courant glaciaire non identifié entre nombril et plexus, tempête de détritus dans le silence, ne plus rien dire, m'effondrer, l'ambulance, la route, les arbres, les cathéters, Hubert, repos éternel, j'habite dans mon rêve, petite maison de poupée construite au bord de la galaxie, là où vivent les morts de toujours, les éternels souffrants, si torturés, si douloureux que disparaître leur est impossible, fermer les yeux et ne plus rien voir, sauf l'abject visage de l'innommable qui se montre à l'horizon de tous les possibles, les vagues, toujours ces vagues glaciales, mouvement de l'horreur immobile et tournoyante, pourrissement de la chair et de l'esprit, certitude que tout est au plus mal mais que tout pourrait aller plus mal encore, que le pire est à venir, que chaque seconde est la promesse d'une souffrance plus grande encore, que j'aurais beau être morcelée, disloquée, terrassée, anéantie par l'horreur, sa réalité n'en serait que plus certaine, la vie, parenthèse d'horreur au milieu de nulle part, comme ce rêve où s'agitent les sans forme et les sans vie, tourbillon minéral au goût morbide, je ne suis pas morte mais je n'appartiens plus au monde des vivants, l'univers chatoyant et gonflé d'espoir de ces hommes au regard conquérant m'est étranger, si étranger, conquérir, toujours conquérir, abjection des colons, extermination de l'Amérique précolombienne, génocide des Amérindiens, des Arméniens, déportation des Africains, épurations ethniques en Serbie, au Rwanda, tortures et goulags en tous genres, images d'un camp de concentration au petit matin, les brumes s'évaporent pour laisser voir que CELA a eu lieu, que les années et les siècles auront beau passer, rien ni personne ne pourra annuler CELA, je revois maman sur son lit de mort, épuisée, défigurée par l'agonie et la morphine, elle qui ne cessait de me parler de paix éternelle, d'éternité des bienheureux n'a connu que l'horreur blanche de la maladie, l'histoire bégaie, l'humanité s'asphyxie et Hubert va bientôt partir, lapin, petit lapin qui se meurt, je ne vois que toi, lapin, petit lapin ensanglanté, tu es mon allié, j'entre dans une zone pleine de menaces et de pénombre et je ne distingue rien, rien d'autre que des ombres douloureuses qui s'agitent, bonheur, délivrance, grâce, rédemption, sainteté, autant de mots placebos, la méthode Coué à la portée des masses, nanisme des lumières, nanisme des grands idéaux humanistes, nanisme du rêve républicain, de l'éducation, du progrès scientifique et de tous les systèmes de protection sociale au regard de l'immensité du néant, Rorty, toujours Rorty, Rorty est un pic, une péninsule, un monument à la gloire de la conquête, Rorty, nain intérieur au sourire grimaçant, Rorty et volonté de puissance, Rorty et progrès, Rorty et dépassement des limites, Rorty et opportunités de développement, Rorty me regarde en souriant, sourire de petite maison, transparence des pensées fétides, petite maison où les plafonds sourient, les planchers sourient, les murs sourient, et cette fille, Castaglione, elle sourit également, horreur mécanique de toutes ces dents découvertes, cauchemar, cauchemar, cauchemar, cauchemar, cauchemar, cauchemar, cauchemar, cauchemar, cauchemar, cauchemar, cauchemar, cauchemar, cauchemar, cauchemar, les dents me mènent à cette horrible maison, Hubert, les salariés de l'entreprise, Arnaud de Vals, Richard Stoeffer, Sophie Castaglione, Anne-Laure Brémont, Pierre-Henry Tissier et les autres, réalité absolue de cette petite maison de morts, tout le reste n'est qu'illusion, fermer les yeux et ne plus rien voir, sauf l'abject visage de l'innommable qui me ronge le plexus, les vagues, toujours ces vagues glaciales, vitesses extrêmes de l'horreur jusqu'à l'immobilité parfaite, passé, présent, futur, tous unis dans la certitude que tout est au plus mal mais que tout pourrait aller plus mal encore, que le pire est à venir, que chaque seconde est la promesse d'une souffrance plus grande encore, que j'aurais beau être morcelée, disloquée, terrassée, anéantie par l'horreur, sa réalité n'en serait que plus certaine, dans un coin de la petite maison il y a maman, elle tient le lapin, le petit lapin blanc, il a un œil crevé, il perd beaucoup de sang, il se débat avec toute son énergie de lapin mais maman le tient par les pattes en ricanant, à sa main gauche étincelle un couteau, en fait ce n'est pas maman, elle lui ressemble à s'y méprendre mais ce n'est pas vraiment elle, même coiffure, même regard, même silhouette mais quelque chose en elle me terrifie, quelque chose d'indicible et d'invisible qui me pousse à fuir cette femme mauvaise, je cherche à partir mais dans le même temps réalise que mes pieds ne m'obéissent pas, ne m'obéissent plus, la peur me paralyse, je suis condamnée à rester sur place, statufiée, terrifiée, la femme ne cesse de s'approcher, m'effondrer, l'ambulance, la route, les arbres, les médecins, les infirmiers, les paroles, les cathéters, Hubert, repos éternel, fermer les yeux et ne plus rien voir, sauf les vagues, toujours les vagues, rien que les vagues, retour à l'enfance, si heureuse avec papa et maman dans la DS, en vacances, émerveillement aux abords de La Rochelle lorsque la grande étendue bleue se révélait par reflets intermittents, sur la route, du haut d'un talus ou d'un vallon, émoi des premières senteurs iodées, et après l'océan, l'océan immense qui se rapprochait…

2. Le purgatoire

Roussel

… qu'est-ce que je fiche ici, entouré de tous ces fous authentiques, pourquoi me font-ils participer à leur comité stratégique, je n'ai même pas fini ma période d'essai, tant mieux, je peux partir sans donner de préavis, il est peut-être encore temps de le faire, je savais que le monde de l'entreprise était dur mais à ce point, quand je vois cet empilement d'insatisfactions, de souffrances, de ressentiment et de volonté de puissance ubuesque j'ai envie de prendre mes jambes à mon cou, partir pour ne plus jamais revenir, je suis venu ici pour manager des équipes, pas pour licencier des salariés que je ne connais même pas, c'est pourtant la seule chose qui les intéresse, alléger la masse salariale, diminuer les charges, ils n'ont que ce mot à la bouche, l'œil fixé sur la ligne bleue de la marge opérationnelle, ce Rorty est grotesque, son discours à la gloire de l'évolution est une pantalonnade, l'entreprise comme lieu de la prédation institutionnalisée, en voilà un beau sujet de thèse, être du côté des dominants ou des dominés, à toi de choisir ton camp, camarade, tous les hommes naissent et demeurent libres et égaux en droit, sauf ici, dans l'antichambre du profit, OPA sur le visage de l'autre, fusion-acquisition de son énergie, mise en faillite de son intégrité psychique et physiologique, le tout dans la plus parfaite légalité, quelle caricature, ce Rorty, et tous ces abrutis qui boivent ces paroles, enfin pas tous, certains ont l'air effondrés, cette pauvre Françoise Clément-Dourville est cadavérique, elle me rappelle cette bonne femme si triste, une amie de maman qui habitait seule dans un château, elle avait fini par se suicider, madame Gassendi, oui, madame Gassendi, le même menton fuyant, le même front lunaire, les mêmes yeux ronds encavés dans des orbites entourées de cernes, suis-je masochiste pour ne pas cesser de la scruter alors qu'elle me remue autant les tripes, visiblement elle ne le remarque même pas, je suis totalement transparent pour cette dame, tant mieux, en profiter pour observer discrètement les autres, ce de Vals, par exemple, étudions son cas, toutes les analyses morpho-psychologiques et physiognomoniques sont formelles, cet homme ressemble à un gland, ou à une pintade, petite tête chauve de guerrier dolichocéphale prêt à charger son interlocuteur, crâne rural, nuque végétale, ah, s'il savait la piètre estime en laquelle je le tiens, lui qui a l'air si fiérot, l'arrogance en personne, vraiment, je n'aime pas ce type, si j'étais Rorty je m'en méfierais comme de la peste, remarque, tant qu'ils se bouffent entre eux, tout cela est si évident, si pathétique, Pujol, engoncé dans sa posture de jeune cadre supérieur séduisant, dynamique et motivé, pauvre type, il me fait de la peine tellement il est caricatural, attention, je suis un supermec, aussi beau qu'intelligent, j'ai fait des études prestigieuses, j'ai une grosse voiture et d'énormes responsabilités, ou l'inverse, au fait, qu'a-t-il fait comme études, HEC, je crois, oui, HEC et un MBA de je ne sais quelle nouvelle discipline RH chiante et chic, ah, il vient de remarquer que je l'observe, il a dû capter mon œil critique, vite, regarder ailleurs, discrètement, faire comme si je n'avais pas vu qu'il m'avait vu, porter mon attention sur Tissier, l'inénarrable Tissier, en train de se curer le nez en pleine réunion, ni vu ni connu, comme s'il existait une paroi opaque entre lui et le monde extérieur, ou comme si, par la grâce d'un bon génie ou d'une gentille fée d'entreprise, il était devenu invisible, une gentille fée d'entreprise, en voilà une contradiction dans les termes, Dominique Meyer l'observe d'un œil réprobateur, c'est vrai que c'est dégueulasse, le savoir-être, Tissier, le savoir-être, première leçon, ne pas se curer le nez, flatuler, vomir ou se torcher en pleine réunion, deuxième leçon, tout mettre en œuvre pour optimiser son potentiel de désirabilité, ça y est, je suis écœuré, j'ai envie de vomir, ce Tissier me dégoûte, je ne vois que trop son intimité malpropre et ses dessous approximatifs, allez, me concentrer sur Meyer, la toute mignonne, toute tristounette, c'est vrai qu'elle est tristounette, pourquoi, vite, un diagnostic intuitif, fermer les yeux, me concentrer sur sa présence, je la vois, elle rentre chez elle, un immeuble coquet du quinzième arrondissement avec balcon, digicode, et parking, il fait déjà nuit, elle allume la lumière dans le couloir, pose ses affaires sur le canapé du salon, écoute ses messages, regarde les tableaux accrochés au mur, comme chaque soir, sentiment de vide, comme chaque soir, son mari n'est pas encore arrivé, c'est un dirigeant d'entreprise, un banquier d'affaires, un directeur financier ou un avocat international, bref, un cadre à haut potentiel, il n'arrivera que dans deux heures, peut-être quatre, peut-être même est-il encore en déplacement, elle s'occupe seule de leur petite fille, ah oui, j'oubliais, elle est d'abord allée la chercher chez sa nounou en se disant qu'elle n'était pas beaucoup aidée par ce mari courant d'air qui ne l'écoute pas, la regarde à peine et ne la touche plus, qui a peut-être une maîtresse ou, qui sait, un amant, elle devrait en parler à ses amies mais elles sont toutes également très occupées, conclusion, gagnerait à s'épanouir en présence d'un homme jeune, vigoureux et drôle, allez, calme-toi, mon vieux, tu es presque marié après tout, quatre ans de vie commune ce n'est pas rien, pas rien certes, mais les courbes de Dominique Meyer, c'est pas rien non plus, surtout à côté des deux autres, entre cette vachette de Brémont et cette mante religieuse de Castaglione, y a pas photo, au moins Meyer a l'air équilibrée, douce, sensuelle, un peu névrosée mais juste ce qu'il faut, normale quoi, Castaglione, j'en donnerais ma main à couper, est une mangeuse d'hommes, de cette catégorie de folles furieuses qui passent leur temps à essayer de vous démontrer que vous êtes le plus minable des minables et qui en général y parviennent, leur méthode, adopter un postulat qui ne peut rien faire d'autre que se vérifier, je suis la Toute-Puissante, tu es le Tout-minable, si je t'aime prends garde à toi, qui que tu sois, quoi que tu fasses, n'importe lequel de tes actes répondra à ma définition, système pervers, où non seulement l'observateur influe sur les résultats de l'observation mais en fait partie intégrante, revenons à nos moutons, une certitude, je ne veux pas m'aigrir comme eux, c'est ma deuxième boîte et c'est toujours le même topo, souffrance et ressentiment à tous les étages, il est encore temps de rebrousser chemin, bifurquer, bifurquer d'accord mais pour aller où, je pourrais finir ma thèse, oui, pourquoi pas, finir ma thèse, enfin déjà la commencer, et faire un post-doc, facile, j'ai mon sujet, l'entreprise comme lieu de la prédation institutionnalisée, le monde du travail à la lumière de l'œuvre de Garfinkel, de l'ethnométhodologie de bureau en quelque sorte, en voilà une idée qu'elle est bonne, après j'enseignerai, enfin pour enseigner il faudrait que je sois professeur, ou au moins chargé de cours, un poste pour trois cents candidats, rien de moins évident, pas évident peut-être mais pas impossible, je serais mieux là-bas qu'ici, à jouer la courroie de transmission entre des commerciaux ivres de business et des graphistes sous pression, oui, l'enseignement, peut-être la solution idéale pour échapper à cette ambiance délétère de mouroir social, solution idéale n'exagérons rien, me mettre à mon compte, la voilà la solution idéale, Roussel & Cie, agence conseil en communication, oui, pourquoi pas, mais alors adieu week-ends, vacances, farniente au lit avec ma petite Marie-Gabrielle, non, pas question, la vie de couple, c'est sacré, je devrais peut-être passer l'Ena, comme me l'avait conseillé Patrick, oui, pourquoi pas, préparer l'Ena, devenir haut fonctionnaire, la voilà la solution pour gagner gentiment ma vie, être autonome, avoir un bon statut sans sacrifier mes vacances et mes week-ends, pouvoir ne pas être d'accord avec mon chef sans me faire licencier, quand je suis intervenu Rorty me scrutait, il cherchait la faille, cette enflure cherche systématiquement à déstabiliser l'autre pour asseoir son pouvoir, alternative simple des rapports humains en entreprise, dominer ou être soumis, et pour dominer, tous les moyens sont bons, alors attention, danger, en cas de désaccord avec le dominant, gare au licenciement, ce n'est pas parce que Rorty m'a engagé que je lui dois une confiance et une fidélité absolues, oui, l'Ena est une très bonne idée, je vais préparer l'Ena, me mettre dès ce soir à potasser des bouquins de droit et d'histoire, ah non, ce soir c'est l'anniversaire de Peggy, ça ne va pas être possible, demain alors, ah non, demain j'ai promis à David que je l'accompagnerai au squash, alors après-demain oui, dès après-demain je commence à préparer l'Ena, je devrais peut-être téléphoner à Jean-Charles, son frère a fait l'Ena, il a un bon poste au Trésor, oui, lui demander quelques tuyaux pour préparer le concours, je ne vais pas moisir ici mais je dois tout de même rester réaliste, ce n'est pas parce que je vais préparer l'Ena que tout va s'arrêter comme par enchantement, au contraire, en attendant je dois travailler, me faire engager, quitte à me mettre en roue libre une fois la période d'essai terminée, je ne vais pas lâcher la proie pour l'ombre, abandonner mon unique source de revenus pour une hypothétique admission à l'école la plus prestigieuse de France, et puis Marie-Gabrielle est si anxieuse, elle a tellement peur de manquer, ces problèmes d'argent la tracassent, notre histoire est encore fragile, je ne vais quand même pas tout foutre en l'air par pur enfantillage, je n'ai plus vingt ans, si je démissionne je ne toucherai rien, comment pourrais-je payer un loyer de mille deux cents euros, avec quel argent vivrions-nous, sûrement pas avec ses allocations d'intermittente, en attendant qu'elle se fasse un nom je n'ai pas le choix, le travail ne court pas les rues, surtout quand il est rémunéré plus de six mille euros par mois, j'ai malgré tout de la chance d'être ici, enfin, une chance relative, je dois me le dire et me le répéter, cet endroit n'est intéressant que s'il me mène ailleurs, dans la haute administration en l'occurrence, ou la politique, oui, pourquoi pas la politique, Franck m'a bien proposé plusieurs fois de venir à ses réunions de section, en voilà des perspectives réjouissantes, pas question de m'éterniser ici, dans le ressentiment et le mépris de l'autre, pas question de vivre dans la peur du licenciement comme un cancrelat à la merci de n'importe quel accident de charentaise, l'entreprise doit rester une étape, un moment menant à un autre moment, être prisonnier ici jusqu'à la retraite, quel enfer, devenir le vieux, l'inapte, le déchet que les plus jeunes ne cessent de pousser sur le bas-côté, comme cette pauvre Clément-Dourville, cette femme paraît si malheureuse, pourquoi ai-je tant de mal à me détacher de ses rides, de sa tristesse, elle me fiche un de ces cafards mais c'est plus fort que moi, je ne peux m'empêcher de la regarder, un peu comme on prend plaisir à taquiner une dent douloureuse, à quoi ressemble sa vie, sa famille, a-t-elle une famille, que fait-elle de ses loisirs, une chose est sûre, je préférerais me tirer une balle dans la tête plutôt que de devenir comme elle, aussi triste, aussi misérable, ça y est, j'ai le bourdon, cette femme dégage un je ne sais quoi de si terrible, de si douloureux, quelle douleur secrète, quel drame intérieur se trame en elle, je l'ignore et je préfère continuer à l'ignorer, Alighieri, en face, complètement explosé, tiens, je n'avais jamais remarqué qu'il était aussi halluciné, un drôle de type, paraît qu'il n'est pas en odeur de sainteté en ce moment, il n'aurait pas gagné assez de budgets, le vilain, enfin lui, au moins, a l'air encore frais, pas trop perverti par le système, et ce Rorty qui continue de parler, son discours me fatigue, je ne l'écoute plus, je n'ai plus envie de l'écouter, un homme électrisé par une furieuse envie de dominer les autres hommes reproduit et scénarise à l'infini ses misérables fantasmes de toute-puissance devant d'autres hommes qui n'ont qu'une seule envie, être à sa place, voilà comment le système tient encore debout, quand va-t-il s'effondrer, va-t-il s'effondrer un jour, Rorty me pose une question, non, fausse alerte, il ne fait que m'observer, son regard brille d'exaltation, sa cravate à pois frise la faute de goût, Nietzsche, toujours Nietzsche, le bon apôtre pour évangéliser les cadres prédateurs à cette bouillie philosophico-managériale, personnellement je préfère Schopenhauer, ou encore Bergson, le vouloir-vivre, l'élan vital, la force créatrice de la conscience, tout cela est beaucoup plus pertinent que cette idée de volonté de puissance si galvaudée par-dessus le marché, et puis il y a la compassion, valeur cardinale chez Schopenhauer et Bergson comme dans le bouddhisme, valeur cardinale de toute relation humaine, que l'on ne trouve pas chez Nietzsche, ou que l'on trouve mais comme l'antivaleur, Nietzsche, encore Nietzsche, toujours Nietzsche, pourquoi ne nous cite-t-il pas Foucault, Deleuze, Habermas, ou Sloterdijk, parce qu'il ne les connaît pas, pardi, parce qu'il ne les a jamais lus, j'en donnerais ma main à couper, ce Rorty est d'une inculture crasse, il ne connaît rien à la philosophie, ignore tout du monde de la pensée, voilà pourquoi il ne cesse de la ramener sur un sujet qui relève de la doxa la plus criarde, je devrais lui dire haut et fort, monter sur la table, placer mes mains en porte-voix et hurler que la bêtise est capable de prendre toutes les formes, y compris celles d'un agréable nietzschéisme de salon, j'imagine la tête de Rorty et des autres, que se passerait-il, peut-être rien, peut-être chacun ferait-il la sourde oreille, et Rorty poursuivrait sa tirade, impassible, entreprise, lieu de l'errance contemporaine, au fond nous sommes tous ici parce que nous n'avons pas choisi, parce que notre volonté de puissance s'est brisé les dents sur le principe de réalité, parce que nous n'avons pas su rêver assez fort pour être footballeurs de haut niveau, stars de cinéma, écrivains à succès ou suivre notre voie, tout simplement, enfant je voulais être clown, faire le pitre devant les foules, cette perspective générait en moi une joie immense, un espoir insensé, c'était mon destin, ma vocation, pourquoi me suis-je écarté de ce chemin, était-ce vraiment mon chemin, y a-t-il un chemin préexistant ou le chemin se construit-il à mesure que nous avançons, vaste question, seule certitude, je dois quitter celui-ci assez vite, et si j'attaquais Rorty en justice pour harcèlement sexuel comme dans le film *American Beauty*, je toucherais peut-être d'énormes indemnités, je vois d'ici la tête de Rorty, en fait je ne veux pas faire l'Ena mais l'École du cirque, pourquoi pas, je ne serais tout de même pas le premier à tout reprendre de zéro, je n'ai pas d'enfants, pas de contraintes insurmontables, oui, cela devrait être possible, à condition bien sûr d'en avoir la volonté, pas question de rester confortablement à la maison en attendant que ça passe, un DVD par-ci, un concert par-là, un dîner par-ci, un cours de squash par-là, ne pas laisser mon existence se faire sans moi, tranquillement, à mon insu, ne pas m'embourgeoiser et finir dans un cul-de-sac, allez, un peu de nerf, mon vieux, si tu construis ton destin avec une détermination égale à celle de Rorty tu y parviendras, concentration des énergies dans une même direction, volonté, passion, autonomie, ne pas rater ma vie, cette idée de clown me met en joie, le salut, il est là, il ne tient qu'à moi de le gagner, je suis un homme libre, la vie est longue et l'avenir m'appartient…

3. Le paradis

Alighieri

… quelle joie d'être ici, en vie, au milieu de mes semblables, le ciel est si beau et je me sens si léger aujourd'hui, aussi léger qu'un courant d'air sur l'Acropole un soir d'été, aussi lumineux qu'un rayon de soleil sur la Sorbonne un jour d'hiver, cette nuit j'ai vu ma fin arriver et je suis là, vivant, au milieu du monde, au milieu de ces hommes qui sont malgré tout mes semblables, mes frères, malgré leurs discours consternants de fatuité, malgré leurs faces clownesques, ridiculement distordues par le souci de paraître, le lien qui nous unit est aussi grand que l'univers, ô mes adorés ternis par la vie, j'aimerais tant vous embrasser, vous hypnotiser de bonheur, vous combler de bienfaits, même toi, mon Rorty chéri, odieuse petite pupute à la solde du grand capital, vilain petit caniniche aux ordres de la pompe à phynances, je flotte sur ton discours, je chevauche ton enthousiasme, le projet d'aménagement du solarium du dixième étage a formidablement avancé, il y aura une piscine, un coin restaurant et un jardinet d'où l'on pourra dominer Paris, les travaux sont presque terminés, la presse va bientôt être conviée, les directeurs de toutes les filiales du monde entier vont pouvoir s'y retrouver, c'est magnifique, c'est merveilleux, beauté émouvante de Tissier, de Stoeffer, de Pujol, de Brémont, de Castaglione, de Meyer, de Vals, de Clément-Dourville et de Roussel qui reçoivent la même information, le projet d'aménagement du solarium au dixième étage a formidablement avancé, il y aura une piscine, un coin restaurant et un jardinet d'où l'on pourra dominer Paris, les travaux sont presque terminés, la presse va bientôt être conviée, les directeurs de toutes les filiales du monde entier vont pouvoir s'y retrouver, nous-mêmes, par la magie de cette simple évocation, nous nous y retrouvons en un millième de seconde, tous les onze, là-haut, dominant Paris, ô langage, incommensurable puissance du logos, ô mon Rorty, si beau, si fiérot sur ton solarium, petit roi-soleil dominant Paris, ô Rorty chéri, si tu pouvais savoir à quel point je me fiche de ton projet d'aménagement de solarium mais combien je t'aime, toi, le mollah des open spaces, l'empereur de la communication corporate, je t'aime à l'égal de ces anges étincelants d'azur et de lumière que je devine à travers toi, à travers vous, je suis heureux, si heureux d'être ici, je suis heureux, si heureux d'être en vie, les murs s'illuminent, l'air s'intensifie, argon, oxygène, azote, vous êtes mes amis, des atomes d'amour irradient tout l'immeuble, tout événement me transporte, toute perspective m'enchante et je n'ai plus peur de rien, ni de prendre mon téléphone pour appeler mes prospects et les entendre dire qu'ils préfèrent un autre cabinet, ni d'être convoqué par Rorty pour apprendre qu'étant le moins productif de l'entreprise, une décision qui ne met nullement en doute mes compétences professionnelles devra être prise à mon égard, tant pis si je quitte cette boîte, après tout, la vie est belle, quelle importance, n'avais-je pas un jour projeté de prendre une année sabbatique pour faire le point, relire Eckhart, Wittgenstein, saint Augustin, Musil, Dostoïevski, Kafka ou changer radicalement de métier, qu'importe, tout me paraît égal et merveilleux, tous les possibles m'enchantent, le ciel est magnifique, des nuages le sillonnent lentement, avec profondeur et majesté, quelle beauté, je passerais ma vie à les contempler, le minéral, le végétal et l'animal se sont encore donné rendez-vous, une fête invisible que célèbre chaque pulsation de réalité, l'infini est ici, l'éternité est à côté, tout me paraît égal et merveilleux, même l'idée de devoir mourir un jour, détendez-vous, mes chéris, je suis là pour vous apporter la bonne nouvelle, nous sommes tous en vie, la voilà la bonne nouvelle, ce soir je vois Agnès et Marc, nous irons peut-être au cinéma, et après au restaurant, et après nous rentrerons chacun de notre côté, et après nous dormirons, et après nous nous réveillerons pour aller au travail, la tête pleine de rêves et de possibles, tout cela est extrêmement banal et m'emplit d'une joie insoupçonnée, le quotidien le plus plat relève du miracle le plus absolu, le miracle de se savoir en vie, le plus bêtement du monde, cette nuit j'ai cru que ma fin était arrivée et je suis là, vivant, je revois avec une précision extraordinaire la voiture au ralenti, une BMW noire aux vitres teintées, je ressens encore les vibrations des infrabasses, souvenir d'une variété de techno-rap extrêmement sourde et métallique, s'insinuer dans mes veines comme un poison au goût d'adrénaline, deux hommes sont sortis, un gros musclé et un petit sec, bizarrement, le petit sec me faisait penser à ma mère, j'ai aperçu le revolver dans la poche du plus sec, j'ai entendu sale pédé, on va te faire la peau, quand je l'ai vu me mettre en joue j'ai senti mon cœur s'emballer et mon sang se glacer, j'ai pensé à toutes ces personnes assassinées pour des raisons absurdes, refus de cigarette, regard de travers ou simple délit de sale gueule, toutes ces personnes assassinées pour rien, dans la rue ou dans le métro, il y avait des ricanements dans la voiture, l'homme a actionné la gâchette, ses traits étaient crispés, il portait des lunettes de soleil et une veste en cuir, plus il visait, plus ses traits se crispaient et plus la peur me soulevait, une peur primordiale, presque animale, un sentiment venu du fond des âges et des espèces que je ne connaissais pas et qui s'est subitement transformé en une paix étrange, extatique, comme si un autre que moi assistait à la scène, comme si le moi limité de ma vie ordinaire s'était doublé d'un autre moi, capable de planer au-dessus des corps physiques et d'embrasser l'espace, le temps et la totalité des phénomènes en un clin d'œil, vision fugitive de réverbère suivie d'un éblouissement métallique au goût de précipice, perte de conscience et retour à la vie la tête sur le bitume, le réverbère à nouveau, simultanément les voitures, les phares, les enseignes de restauration rapide, les arbres, les cafés, une sirène de police, au loin, le jour se levait, un passant s'est arrêté pour me proposer de l'aide, il ressemblait à Carlos, j'ai pensé à lui demander s'il aimait venir se promener dans le quartier avec ses amis du show-biz mais je me suis contenté de lui répondre tout va bien, merci, je me suis levé et j'ai pris la direction de l'appartement, hagard mais vivant, j'ai commencé à marcher, lentement d'abord, puis d'un bon rythme, plus je marchais, plus je voyais le monde défiler au ralenti et ma vie en accéléré, tendresse compacte et feutrée des années de maternelle, douleur goudronnée des premières chutes de vélo, joie explosive du baccalauréat, splendeurs et mystères des textes sacrés et profanes, ascension brumeuse des sommets tibétains, sur les traces d'Alexandra David-Néel, dehors, la ville se succédait en d'agréables saynètes-portraits, la jeune femme au parapluie promenant son chien, l'homme à la poubelle courant derrière le camion vert, le taxi au klaxon maudissant la terre entière, quelques kilomètres plus tard, la maison, combien de temps ai-je dormi, une heure, peut-être deux, suffisamment en tout cas pour faire ce rêve éveillé sorti de je ne sais quel roman initiatique ou fantastique, Hesse, Lovecraft, Castaneda ou K. Dick, après l'événement quelques titres se sont bousculés dans ma mémoire, *si ce monde ne vous plaît pas, vous devriez en voir quelques autres, Ubik, à quoi rêvent les moutons électriques, l'herbe du diable et la petite fumée, le voyage à Ixtlan, histoires de pouvoir, la force du silence, le loup des steppes*, je dis l'événement mais quel événement, il ne s'est rien passé, ou si peu, presque rien à vrai dire, au départ une simple impression, sensation confuse de ne pas être seul, dans ma chambre, sensation qui s'est immédiatement transformée en certitude, je n'étais pas seul, un conciliabule se tenait, là, à vingt ou trente centimètres au-dessus de ma tête, comme si une salle de réunion s'y était subrepticement glissée, une salle de réunion peuplée de participants aussi invisibles que bruyants, quelle idée absurde, me suis-je exclamé en plein rêve, alors que dans le même temps je les entendais grésiller, chuinter, soupirer, l'un d'entre eux s'est même félicité du point défocalisé des gynécologies-cosmologies aventurées annonciatrices de futurs favorables, quelles gynécologies-cosmologies aventurées, me suis-je alors demandé, le plus rationnellement du monde, et d'abord, quels étaient ces êtres si bien informés des desseins de la providence, fées, lutins, djinns ou quoi d'autre, dans quelle région du monde les rencontrer, comment retrouver le chemin, y a-t-il un chemin, j'ai aussitôt pensé à Rudolf Steiner et sa théorie des mondes subtils, enchevêtrements de dimensions peuplées d'entités invisibles, conscientes et immémoriales, la salle de réunion a disparu pour laisser place à un dédale de couloirs et de salons obscurs, dans l'un des salons, sur une commode, encastré dans un médaillon art nouveau, il y avait le visage de Magda, coiffée à la garçonne, elle me souriait, le médaillon s'est mis à parler avec ma propre voix, la coiffure de Magda a aussitôt changé, de garçonne elle s'est transformée en résistante, puis en femme fatale des années cinquante, puis en hippie, bandeau violet, tignasse emmêlée, lunettes rondes à la John Lennon, bien qu'étant la mienne, la voix possédait la tranquillité mécanique et inhumaine de certaines messageries parlantes, services bancaires, téléphones portables, jeux interactifs, elle me disait que notre séparation n'était pas si grave, après tout, je n'étais ni le premier ni le dernier, je lui répondais qu'elle avait raison, la vie n'est pas un drame, tout finit toujours par s'arranger, je me suis alors cogné à quelque chose, à la place des couloirs et des salons obscurs s'est dressé un arbre, un chêne solitaire dans un champ lumineux, il vivait, vibrait, rayonnait, c'est ainsi que je me suis retrouvé sur le canapé du salon, étrangement serein, détaché et plein d'amour pour ce canapé, ce salon, cette ville, cette terre, cette galaxie, que valent nos soucis quotidiens et nos questionnements mesquins au regard de cette force qui est partout et en chacun, que valent nos avis d'échéance et nos mises en demeure au regard de ce flux lumineux qui me porte, qui porte également Rorty, de Vals, Castaglione, Meyer, Roussel et les autres, tout cela est si fragile et pourtant si simple, ciel, que leurs mines pathétiques appellent le comique, que leurs airs compassés appellent une fessée, ou un éclat de rire en plein nez, je voudrais tant les embrasser, les câliner, prendre un revolver pour viser leur tête et tirer juste à côté, qu'ils comprennent que rien n'est grave, que nous sommes des êtres de passage, si fluides, si légers, hier encore je ne cessais de me lamenter, de m'inquiéter, ma séparation, mes prospects, ma place dans l'organigramme futur de la société, les bruits, les rumeurs, je ne serais plus en odeur de sainteté, la perte du budget AHG aurait affecté la confiance que Rorty était prêt à m'accorder, une grande charrette se préparerait dont je ferais partie, tout cela me paraît si lointain, si dérisoire face à l'incommensurable pouvoir de l'instant, il m'a fallu rencontrer la mort pour aimer la vie, tiens, cela me rappelle un film, ah, mais oui, *La vie est belle* de Capra, l'histoire de cet avocat criblé d'ennuis et de dettes qui demande à un ange de lui donner le pouvoir d'être invisible, l'ange lui accorde son vœu mais l'homme ne cesse de hanter les lieux qu'il a connus, les personnes qu'il a côtoyées, il les voit, cherche désespérément à leur parler mais personne ne l'entend, soudain les ennuis qui le terrassaient lui paraissent infiniment plus désirables que cette solitude sans fin, oui, c'est ça, je m'en souviens, l'homme demande à l'ange de le faire revenir sur terre et tout est bien qui finit bien, une parabole sur la grâce et le vouloir-vivre, même si la mort et le chaos sont partout, même si l'existence est une île enchantée au milieu d'un océan déchaîné, rien ni personne ne pourra empêcher que CELA a eu lieu un jour, sur cette terre, cette terre accueillante et si généreuse dont nous ne sommes que locataires, ne l'oublions pas, ne l'oublions jamais, cette terre auréolée de gloire et grouillante de mystères, ô mes adorables lutins d'entreprise, brisez-moi l'austère torpeur des espaces confinés pour retrouver la joie tapie en vous, les forces de l'esprit qui cognent à chaque instant mais que vous n'entendez pas, assourdis que vous êtes par le bruit du souci, ouh, Tissier, je te vois, Tissier ronchon, Tissier mignon, coucou, bébé Rorty, coucou Castaglione chérie pupute, je vous aime plus que tout, oh, ils sont si mignons lorsqu'ils me toisent du haut de leur morgue ignorante de la beauté du monde, ouvrez les yeux, mes amis, ouvrez les yeux sur le miracle de la nuit, la fatalité s'est inversée et la mort s'est transformée en vie, qui étaient ces types, d'où venaient-ils, avaient-ils l'intention de me tuer ou cela n'était-il que du bluff, une mise en scène pour s'amuser entre amis, et dans la première hypothèse, dois-je la vie à la proximité de la police ou, plus plausible sans doute, à un problème technique tout bête de chargeur vide ou de revolver cassé, qu'importe la réponse, l'essentiel est d'être au monde, conscient et joyeux, et Rorty qui continue à se gargariser de son projet de solarium dominant Paris, ce sera un lieu idéal pour y emmener les clients, et cette bécasse de Castaglione qui le flatte et abonde dans son sens, c'est le plus grand projet de l'entreprise, ce sera formidable pour y faire venir clients, prospects, journalistes, artistes, chefs d'entreprises, politiciens, ce sera formidable pour les déjeuners à idées, Rorty acquiesce, un sourire se forme sur ses lèvres, j'ai l'impression de sourire à mon tour, impression qui se transforme assez vite en une certitude, je souris, je souris à Rorty, Rorty, surpris, me sourit aussi, à moins qu'il ne continue à sourire pour une raison extérieure à mon sourire, qu'importe, je souris à Rorty qui me sourit, Rorty m'observe à nouveau, il semble surpris, presque déstabilisé, Castaglione m'observe, elle semble également surprise, elle m'épie, elle épie les mimiques de Rorty, cette femme est une vestale, Rorty est son dieu, un dieu qu'elle va bientôt détruire et immoler à la gloire de Thanatos, pauvre Rorty chéri, tu es la Vénus à sa proie attachée, le papillon voletant vers la lumière fatale, l'agneau immaculé bêlant devant le loup carnassier, ton destin t'attend, tu t'y précipites en sifflotant, sûr de ta force et inconscient du danger qu'elle représente pour toi, pauvre, pauvre Rorty chéri, mon beau fauve aux fesses de nourrisson, je voudrais te dire ce que t'enseignerait n'importe quel reportage animalier, les plus grands prédateurs finissent toujours par se faire dévorer, je vous vois tous les deux enlacés dans une chambre couleur sang, histoires de pouvoir, déchirements, affrontements, il n'y aura qu'un gagnant et ce ne sera pas toi, j'en suis sûr, cela ne fait aucun doute, je lis le futur aussi facilement que le présent, le passé ou l'espace qui m'entoure, dans une semaine, peut-être deux, Castaglione va t'inviter chez elle, un appartement cossu du seizième arrondissement avec vue sur tour Eiffel, guidé par ton seul désir tu accepteras, très vite tu succomberas à son mystère et te feras engloutir, le mâle dominant redeviendra aussi minuscule que le spermatozoïde qu'il fut un jour, retour à la nuit de l'indistinction, beauté du geste primordial, je souris toujours, Rorty ne sourit plus…

(13 heures : le président lève la séance)